7 魔疆夺龙马

四海为仙

管平潮◎著

浙江文艺出版社
Zhejiang Literature & Art Publishing House

目录

第一章
天翻云浪，飞鸟若登龙门

太守中邪发疯之事，并没在郁林郡掀起太大的波澜。

在太守府的刻意隐瞒下，郡中的普通民众，只隐隐约约听到些风声，但都不知道到底发生了何事。由三位偶尔路过的外乡客掀起的风波，就这样在郁林郡中慢慢平息了。郁林郡合郡民众，最后反而因祸得福。

那些看起来是因太守生怪病才推行的恶政，过了没多久便重新被白太守当初的德政代替；邻郡支援的赈济灾粮，现在也源源不断地运来了。到了夏天快结束的时候，老百姓至少已经不用饿肚子了。

当然，这些诚心称赞的老百姓并不知道，郡中所有这些拨乱反正之事，并不是出自那位到现在还如痴如迷的太守之手。白太守府中现在的主事之人，是那位从地牢中逃过一劫的谋士许子方。这位老成持重的昌宜侯谋士，已将事情的整个经过派人禀报给了侯爷，现在他受侯爷之命，暂在太守府中替那位疯痴的太守打理郡中一切事务。

现在出了这事，白世俊当初勾结粮商低价囤粮，然后再人为造灾抽取民间财力的计谋，自然也就寿终正寝了。

这时节，在离郁林郡遥远的京城繁华街巷中有一处气派非凡的高宅大第。在这高门宅院中,幽静庭院深处的一间僻静明堂里,宅主人正居于其中。这位脸色沉郁的宅主人,是王侯贵族一流,虽然居于家中,但仍是一身金冠玉带,袍光粲然。

此时,那张不怒自威的方正脸上,正面沉似水。他默默听着手下谋士的谏言:"启禀侯爷,小侯爷这次得怪病,显然蹊跷。依学生浅见,应该是小侯爷走错方位,冲撞了神鬼,才会变成现在这副模样。"

听了谋士之言,昌宜侯仍是静默不语,神色郁郁。见他这样,旁边又有其他谋士出言安慰:"侯爷,依我看,白世子此劫怕是命中注定。这次应了劫也好,将来必有后福。"

听得此语,一直面色阴沉的昌宜侯忽然开口怒喝道:"荒谬!我昌宜侯从来不信天命,不信鬼神!你们这些读书人,如何也相信那些江湖羽士?他们只不过是信口胡谈,危言耸听。术士之言如何能信!"

昌宜侯一口气说到这儿,他旁边那几个心腹手下倒反而放了心。原本他们心中还一直惴惴不安,见主公一直不说话,不知道究竟要如何发作。要知道,昌宜侯的异姓世子白世俊,素负雄才,一直被侯爷倚为左右臂。这次听他出事,昌宜侯定会发雷霆之怒,难保不会殃及池鱼。听得侯爷只顾痛骂那些蓄养在地方上的术士,这几个京城的谋士顿时安心。

盛怒之下的昌宜侯,怒叱完这几句,情绪渐渐平息下来。看了一眼身前这几个神态恭敬的谋士,位高权重的昌宜侯却叹了口气,诚恳说道:"几位先生,这偌大一个昌宜侯府中,也只有你们知我。本侯怎会像那位只会无为而治的大哥?我昌宜侯,从来只信人力,不信神鬼宿命之说。那些苦心延请的术士,本侯只不过是纳入彀中,为器之用。真正要成就大业,还要靠你我智慧,还要靠三军将士一心效死!"

说到这儿,素性沉静的昌宜侯终于完全平静了下来。

拈着颔下三绺美髯，望着幽堂窗外的绿叶青枝沉思了一阵，昌宜侯便又自言自语地说道："嗯，世俊吾儿，为父一向知你爱慕我那位公主侄女。今日你变成这样，为父也有责任。若不是因为京城情势复杂，要将你外放地方，也不会发生这事。好，既然此事或多或少因本侯而起，那本侯便成全俊儿这个愿望，让那倾城丫头嫁你冲喜……"

他这几句话，说得甚是轻缓。但细声碎语之际，却让他身前那几个幕僚谋士听得有些不寒而栗。

其中有忠直之人，觉得主公这念头甚是大胆，还有不少隐患，便忍不住直言提醒："侯爷，此事虽只是儿女私情，但事涉公主，实是非同小可，恐怕这会……"

闻得谋士之言，昌宜侯毫不生气，赞许地看了这位李姓谋士一眼，拈须说道："李军师请放心，正因为她是公主，才不会有任何问题。想我昌宜侯，一心为天下苍生筹谋，大事若成，区区一个前朝公主，如何还在话下！

"还有那上清宫，一个出身粗鄙的堂主，居然敢冒犯我儿，烧他行苑。待我查实，定要好生利用，让罗浮山中那些实力不俗的清修道士，一个个为我朝廷所用！"

说到这里，原本心情郁郁的侯爷竟然高兴起来，脸上容光焕发，仰天大声长笑，惊飞窗外树间几只鹂鸟。

正在这时，却忽听门外院中一阵响动。昌宜侯眉头一皱，赶紧出厅去看，只见几个心腹亲兵家臣，不在各处尽职守卫，却一齐聚在院中窃窃私语。

不知发生了何事，心情已经转好的侯爷踱步过去，喝开众人一看，才看到地面青石砖上有只死鼠。

昌宜侯一问，才知原来刚才光天化日之下，竟有十几只老鼠前后衔尾，连成一串，在院中招摇而过。于是便有敏捷家臣，捡起石块奋力投掷，立即

让为首硕鼠横死当场,其余则四下逃散。

见得这样,原本心神已复平静的昌宜侯,却是脸色数变,拈须不语。约摸愣怔了半晌,他才摆摆手,吩咐手下将这只死鼠好生埋到院角花树下。

暂略过万里之外那些庙堂之谋不提,现在那几个刚才还被谈论的少男少女,正跳离樊笼,朝北面漫无目的而行。

小言他们脚下的这条道路,蜿蜒在一片巨大的草野之中。朝四下望去,绿色的荒草随风摇摆,翻滚如浪,就如同一望无涯的大海。无边草海中,有高大树木三五成林,树冠蓬蓬,郁郁茂茂,就好像分散在碧海中的孤岛。

在这风吹草低之时,连青天上的云彩,也好像渐渐靠近了夏草葳蕤的大地。偶尔抬头望望,便看见那些大团的银白云朵,好像伸手可及,仿佛再飘一阵,就会从天上坠落。

望着无边无涯的青青草色,脸上拂着碧色原野上吹来的沁人清风,小言胸中郁积了十几天的闷气,霎时间一扫而空!

长路漫漫,百无聊赖之际,小言便注意到路边时时拂衣的碧草,已间或带了些褐红的颜色。看来眼前的盛夏,就快要接近尾声;天高云淡的清秋,马上便要来到。

见了草间这一抹秋色,细数数,自己从罗浮山下来已接近半年。只是,在这半年之中,好事做过不少,苦头也吃过许多,但大多都和此行目的搭不上边。离开郁林郡之后的这几天里,除了抢了几个强盗,偷了几个小偷,糊弄了几个骗子,其他几乎一事无成。

"水精前辈啊,您到底跑哪儿逍遥去了?"

跋涉几天之后,四海堂堂主终于又开始琢磨起这个头等大事来。

思前想后,小言忽似有所得:"呀!以前我们只管往水草肥美处寻找,也许并不十分正确。想那飞云顶水之精,乃是五行之中的精灵,它所到之处,定会发生不同寻常的变化。那些一向河川密布、水汽充足之地，反倒未必就是现在水精的栖身之处。嗯，也许以后我们该多留意一下，看看有没有什么地方气候变化异常……"

心中思索着如何完成师门之命，不知不觉，小言脚步便慢了下来。等心中略有所得，准备把这想法告诉雪宜、琼容时，却发觉那两个女孩已经远远走到前头去了。

见这样，小言便朝她们喊了一声，让她们缓下脚步等他。刚刚呼喊过，就见两位明眸皓齿的女孩都在碧蓝天空下驻足，回头望他。两对明眸之中，汪然如水，柔顺的长发随清风飘舞，在白云衬托下相对而飞。

见惯二人姿容的少年堂主，此刻在蓝天白云之下的碧野清风中，看到她们白裙飘飘、相傍而立的模样，只觉得眼前的情景宛如画图。

走得多时，小言觉得有些疲倦，便叫琼容、雪宜一同在路旁那片青草坪上歇下。

在青草坪上仰面躺下，两手交叉在脑后，小言觉得惬意无比。

躺倒仔细观看，小言才发现今天头顶的云空格外好看。碧蓝的天穹，宛如雨后初霁，正透出瓦蓝瓦蓝的颜色；蓝天上一团团白云连接如山，将夏日遮在云后。面对他的白色云朵，被背后的阳光一照，中间现出几分暗色，愈往四周则愈加白亮，到得云边，便仿佛染上一层银粉，在如洗蓝天中勾勒出各样肌理鲜明的白丝绒画。

"那些白云之后，会不会正有仙人飞过？"

望着蓝天上的云朵，小言神思悠然。

"嗯，不管如何，现在我也算道术略有小成，也在天上飞过。"

想到自己的御剑飞行之术，小言便不免想起前些天那个夜晚，自己带着小盈居然能一口气御剑飞出三四十里。看来，若是将自己逼急了，那些平时不怎么精进的道法，便能超常发挥。

"哈哈，若是以后道法修为没有进展，就请琼容小妹妹出马，让她闹个鸡飞狗跳！"

正胡思乱想时，耳边忽响起一阵咿咿呀呀的歌声，侧脸一看，原来琼容正对着蓝天咿呀放歌。

她这歌声，婉转甜糯，甚是好听，却又让人听不太清在唱些什么。听了一阵，小言实在好奇，便转过脸去，问琼容所唱歌词。

见哥哥相问，琼容却羞红了脸，不但不告诉他歌词，还停下来不肯再唱。见她这般古怪模样，小言有些莫名其妙。饶是他心思灵透，也猜不到这小女孩的古怪心思。

其实，小丫头现在正想着，自己这自编的曲词，比小盈姐姐唱的差了好多，有些丢脸，又怎好意思说给哥哥听呢。

见她不肯再开口，小言只好又仰首呆呆看天。只不过，才过了一会儿，那个天真幼稚的小丫头便忘了刚才的顾虑，重又开始哼唱起来。

这一回，小言偷偷留意了一下，发现小丫头软糯的歌大多由"云儿""花儿""鸟儿"这些简单的词语组成，并没有完整的词句。

在琼容含糊不清的甜软歌声中，小言不知不觉竟沉沉睡去……

这一天晚上，他们三人便留宿在一处名叫蟠龙镇的镇子上。神清气爽的四海堂堂主，听到镇名，忽记起自己已有好多日没再找龙宫公主灵漪儿了。于是他便将四渎龙女从清水莲花中请了出来。

等多日不见的灵漪儿姐姐从玉莲中冉冉而出，琼容还没来得及上前，便见这位龙宫里来的姐姐，从玉莲上飘然而下，略有几分心急地跟堂主哥哥说道："小言！这次又过了这么久才找我！我正要给你送张请柬来，如果你再想不起找我，我都要自己飞来了！"

"请柬？我的?"

望着静室烛光中话语明快的灵漪儿，小言不明所以。

第二章
腾驾碧寰，或言仙路可期

只听灵漪儿道："小言，你听说过南海水侯吧？"

"听过啊。"小言想了想，又不太敢肯定，便出言确认，"是不是那个绘你画像、时时观摩的南海水神？"

"是啊……"灵漪儿闻言略有停顿，然后一本正经地说道，"嗯，就是这个无聊的南海三太子孟章，前些天派人来请，说是他灵蕊宫中海昙花开，要请各路仙人好友前去赏花。赏花之期，就定在明晚，我们四渎龙宫，也得了两张请柬。

"本来这样的交游，一直都是浮游将军护卫我去，但这回，我想请你陪我去，也好让你这个道门堂主开开眼界，看看五百年只开花半旬的海昙是何模样。"

"原来如此！"

听了灵漪儿之言，小言很是兴奋。要知道南海龙宫与四渎龙宫相比，定然又是另外一番气象，自然能大广自己的见闻。

只不过，兴奋之余，小言却忽想到一个问题，便问灵漪儿："那我俩明晚去，什么时候才能回来呢？"

原来，他想着南海龙宫离此地少说也有万里之遥，这一来一回，也不知道要耗费几月几年光阴。正在担心之时，灵漪儿仿佛看出他的心事，便靥然笑道："小言你莫担心，南海花宴定在明晚，我俩乘龙马之车去，便可朝发夕至。"

此时灵漪儿似已到了众人瞩目的筵席上，言辞举止变得无比优雅端庄。

见她这么说，也不像在开玩笑，小言便放下心来，一口应承道："好，那本堂主就恭敬不如从命。后天能回的话，还能赶得上和琼容、雪宜一起中秋赏月。"

见他答允，灵漪儿大喜，赶紧将一张银光湛然的请柬递给小言。

小言细看请柬时，灵漪儿转脸跟两位好姐妹说道："琼容、雪宜，快过来，我给你俩都带了件小礼物！"

于是，琼容便从她那儿得了一对蟠龙金钏，雪宜得了一支凤头珠钗。收礼物之时，琼容是先接下然后再甜甜言谢，雪宜则是推托一阵，在小言首肯下才婉转收下。接下来，三个女孩便开始相帮着佩戴首饰，并探讨起服饰心得来。

琼容得到的这对光灿灿的金钏，看似尺寸偏大，但等她戴上手腕，圆转成镯的金质蟠龙便自动收缩，恰与她手臂相契。雪宜那支珠钗，珍珠粒粒浑圆光润，幽光暗生，显然并非取自寻常珠蚌。

见灵漪儿几人说得热闹，小言看过请柬后，也过来打趣凑热闹："琼容妹妹，你看你灵漪儿姐姐多偏心，你和雪宜都有礼物，我却没有。"

说罢，小言便装出一副痛心疾首的模样。

谁知，他这话刚说完，灵漪儿便立马转过身来，喜滋滋地接言道："就知你要这样说！

"喏，这只荷包给你！"说着，灵漪儿从纤腰间解下一只香囊，大大方方地递给小言。

"这是……"

小言接过灵漪儿递来的香囊，放在手中看了看，发现明黄香囊丝光柔然，入手甚轻；香囊上口边缀着两颗明珠，正粲然放光。

这两颗明珠，小言觉得似与雪宜珠钗上缀着的那些相似，只不过稍微大些。问过灵漪儿，才知道这珠钗与香囊上的珍珠，乃是南海鲛人之珠。

听灵漪儿说，居住在南海的鲛人，平时甚难动情，一旦泣下，眼泪便凝结成珠。不但明珠得自鲛人，缝制香囊的丝物，也是南海鲛人所织，名为鲛绡纱。他们明晚要去的南海龙域中，便有一座宫殿名龙绡宫，乃鲛人纺织龙纱之所。

听完鲛绡纱、鲛珠来历，小言又闻得香囊中馨香逼人，不似寻常荷包中所塞的薰衣草叶、茉莉干花的香味，于是便问灵漪儿其中所填何物。听他相问，灵漪儿赞他鼻灵之后，便告诉他香囊中所充之物乃是龙刍草。

听得龙刍草之名，小言立即想到，似乎这草乃是传说中的仙草，马儿吃了，能一日千里。

此时，灵漪儿终于忍不住出言提醒："小言，你快看看香囊上绣的花纹怎么样！"

听她这么一说，一直只顾查看荷包材质的四海堂堂主才注意到香囊表面还有一幅图纹。

仔细看看，小言发现与上次的罗帕不同，这回灵漪儿在香囊上绣的，是几抹云水远山，中间有几只翩翩飞鸟，倒也活灵活现。看来，灵漪儿已吸取上次的教训，转去绣自己熟悉的湖景了。不过，虽然如此，香囊上这几痕纹样还是有些写意。

小言赶忙诚心感谢，谢谢灵漪儿把她绣的第一个荷包送给自己。

听他这么一说，灵漪儿却有些赧然，抿嘴一笑，有些不好意思地告诉他，其实这只香囊并不是她缝的第一个，之前还做了两三个，只不过要么针脚粗疏，要么绣得不满意，就都铰毁了。

听她这么说，小言大呼可惜。见他惋惜的模样，灵漪儿却无论如何都不好意思告诉他，开始时她也想着把那几个失败的香囊藏起来，留个纪念，可是后来想了想，觉得藏在哪儿都不保险。怕万一将来有机会被小言看到，便要来取笑她……

心中想着自己当时的心思，饶是灵漪儿性情爽朗，也禁不住霞飞满面！

见她忽然脸红，小言不知所以，却也不好意思问她。又闲聊一阵，见小言翻来覆去地观看香囊，显见十分喜欢，灵漪儿便决定下次要再给小言做一个物件，以巩固自己的技艺。征求一番意见后，灵漪儿便采纳了琼容小妹妹的建议，准备给小言绣一只钱囊。

"嘻，这样他才会最珍惜！"

听了她们的决定，平日惜财的四海堂堂主便有些尴尬。于是当灵漪儿问他钱囊上要绣些什么标识时，小言便郑重建议，希望在钱袋上绣上这么一行字：身居名利之场，心游道德之乡。

只不过，这句虽好，却稍微长了些，一时让法术高强、女红薄弱的龙族公主犯了难。

这两句加起来，竟有十二字之多，恐怕她一时也绣不来。于是小言最终决定，还是索性就绣"张小言"三字好了。

这样琐碎的事情，小言与灵漪儿几人竟谈得津津有味。不知不觉中，便已到了戌时。忽觉窗外夜色浓重，灵漪儿叮嘱几句后，便恋恋不舍地离开了。

第二天，旭日初升不久，原本云翳稀疏的天空中，忽然有一道云光飞至。

　　须臾之后,正在客栈小院中与琼容、雪宜交代事宜的四海堂堂主,便见灵漪儿盛装而来,自空中倏然飘落,瞬间便已站到眼前。之前,小言已跟店主人说过,将这院落中的厢房全部包下,所以现在也不怕被闲人窥见。

　　等再次看到灵漪儿,小言才发觉,今天是自己头一回看到她穿这样流丽飘华的宫装。绣饰云鸟之纹的璀璨华裙,正笼住她窈窕的身形,雪白的丝裙如流云般委地。华裙之外,罩着一袭冰纨银纱,几若透明,如一团烟雾笼罩在她的裙裳之外。肩头上,披着一领银色的云锦披肩;行动时,则有两条长长的粉绿裙带无风自舞,在她身畔飘浮成相对的纹样。额前那抹鲜红的宝石璎珞,则在仙逸姿容之外,又为她衬托出几分特有的华贵气象。

　　正在观看之时,如仙如圣的灵漪儿轻启朱唇,笑语盈盈道:"张堂主,能乘云与我游乎?"

　　于是静寂的中庭中,忽涌白云如蒸。雾鬓冰纨的灵漪儿,伸出纤纤素手,拉住张小言。须臾间,二人已在一片白云缭绕中冉冉升上天去。

　　升入云光之前,一身仙丽宫装的灵漪儿仍不忘扮了个鬼脸,跟地上举目相送的二人俏黠告别:"琼容、雪宜,我们走了。一日之后,我便把堂主送回来。"

　　等灵漪儿和小言一起升入天上迷蒙的白云中,在地上翘首送别的琼容,便扯了扯雪宜的衣袖,说道:"雪宜姐,我们进屋去看哥哥布置的经文吧。"

　　琼容这么一说,梅雪精灵雪宜才如梦初醒,牵着琼容的手,一起回转屋中去了。

　　再说小言,被灵漪儿拉着一起飞到云中,然后便见烟雾弥漫的白云中,竟半掩着一辆银光闪闪的精美马车。装饰华美的银辀,就像豪华的座椅,与灵漪儿一起坐到其中,四下无遮无挡,正好观景。马车之前,是四匹神骏非常的白马,鬃毛如雪,浑身上下不带一丝杂色。与寻常马匹不同,眼前白马的四足上,覆盖着细密的银光鳞甲,仿佛是画影中常见的龙鳞。等灵漪儿娇叱一声,这几匹神驹便四蹄生云,拉着二人在云雾虚空中朝南方疾驰而去。

等龙马之驷飞动,灵漪儿见小言仍目不转睛地盯着那几匹神驹,便笑着告诉他:"小言,这几匹马便是我家豢养的龙马。"

"哦?龙马?"听得灵漪儿说话,小言这才如梦初醒。

见小言一脸好奇,灵漪儿便兴致勃勃地跟他介绍道:"小言你不知道,在云梦大泽的深处,有我们四渎龙宫的牧场,名为流云牧。流云牧中,放养着许多珍禽异兽。这些龙马,便是流云牧中我们四渎龙族的战马。这些龙马,若用来作为战骑,神勇非凡,在神仙妖魔之中都非常有名!"

其实也无须灵漪儿太过夸许,见着眼前这几匹奔驰如电、无翼而飞的神驹,小言早已是惊得说不出话来。

等他惊艳之情略息,龙马之驷便已穿云破雾,在云层之上疾驰起来。这时小言才发觉,原本在地上看到的那些虚无缥缈的云彩,现在看来竟有如实地。放眼朝四周眺去,看到车下的白云就像是绵延万里的雪原,到处白光闪烁,雪丘连绵。奔若霆电的龙马,鳞蹄飞踏云霾,正好像在雪原上驰骋一样,蹄足溅起阵阵烟云。

不过这看似连绵无边的云雪之原,不多一会儿便被风驰电掣的龙马奔到尽头。踏上另一块云雪丘原之前,在无尽虚空中,龙马足下自行腾起一团冰雪之尘,踩踏着朝远方继续疾奔而去。

见着这样的情景,正被高天长风拂面的小言,一时间恍然若有所悟!

看见他这样若有所得却又半信半疑的模样,心如冰雪之灵的灵漪儿嫣然一笑,说道:"你应该会的。"

一声细语,宛如一声惊雷,炸开滞涩的神思,猛然间让小言恍然大悟!心神所至,小言周围立时环满用龙宫神术冰心结凝成的冰雪烟云。

只是，虽然福至心灵，瞬间顿悟，但毕竟现在身在不胜寒凉的高处，小言仍不敢轻易离车，去施驾云之术。

"嗯，还是等以后到了地上再慢慢试。"

虽然不想立即施展，但腾云驾雾之术一朝想通，小言的心情无比舒畅。心旷神怡之时，便和同车的灵漪儿专心欣赏起身边美景来。

这时候，灵漪儿已喝缓了龙驷，他们二人身下的车驾正在无边碧空缓缓前进。

腾驾在这万里层云之上，放眼四望，宇宙澄寂，八风不翔。原本地上看到的蔚蓝，现在已沉淀到白云之下；头顶的天穹，正现出淡薄的青色。广袤无垠的空中，只剩下他们二人、四马、一车。突然间，小言心中升起一种奇怪的感觉：置身于极大极广极清极宽的天穹，眼看着瞬息万变的白云，一刹那间，仿佛自己已能穿过遮蔽千年的迷雾，看清横亘今古的悠远光阴。那些永不歇绝的岁月，竟似乎随着那些变幻莫测的云雾，倏忽间便在自己眼前流逝无踪。

恍惚中，这位出身饶州山野的少年，仿佛看到一些自己从来没见过的东西。

正在心凝神释之时，第一次飞腾玉宇的小言，忽似承受不了这种看透沧桑的错觉，竟一个不稳，朝一旁倒去。同样神思渺然的灵漪儿最初的惊悸过后，赶忙伸手扶住了小言。

待小言清醒过来，发现眼前窘状，忙道歉一声，重又端坐好。

当西天的红日沉到云下，火烧云将半天映得赤红如血时，灵漪儿的龙马之驷便来到了波光浩渺的南海上空。这时灵漪儿已按低了车驷，让龙马拉着小言和自己一起奔翔在南海的万顷波涛之上。

对于小言而言，这还是他第一次看见浩瀚无边的海洋。他这才知道，原

来世上,真有水泊和天一样广大。家乡附近的鄱阳湖,已是无风起浪;脚下延展无边的海洋,更是涛奔如马,浪涌如墙。

俯首朝下望望,心志坚强的四海堂堂主竟觉得有些头晕目眩。

在这惊涛骇浪之中,偶尔还能看到,一处方圆数百里的海面上,竟如同一锅煮沸的开水,一条条巨大水柱直立如山,奔舞如兽,竟仿佛要挣脱海洋的束缚,朝云天上的车驾直直撞来。

恍惚之中,身处高空之上的小言,竟觉得有湿漉漉的水珠劈面洒来。

正当小言见了海洋巨浪,感叹造物神奇之时,灵漪儿却自言自语轻轻说道:"嗯……难道是汐姐姐正在施法?"

在浩渺无涯的南海上空飞行了大半个时辰,那轮从云中坠落的夕日便已落到海面之上,将湛蓝的海水映照得如染丹渥。

看了看四周景物,灵漪儿告诉小言,他们已经快到达南海龙神之域了。

这时,正在海风中贪看四下景物的小言,却忽然指着远处惊讶问道:"灵漪儿,那是什么?! ——是海市蜃楼吗?"

原来,在水天浮光相接处,暮色朦胧的波涛之中,竟忽然浮现出一座雄伟的楼城,影影绰绰,檐垛隐然,正在远处波涛中半沉半浮。

听小言惊问,灵漪儿转脸朝他手指方向略略一看,便告诉他,那座城楼并不是什么海市蜃楼,而是南海龙神的八大浮城之一。

"八大浮城?"第一次听说,小言一脸好奇。

只听灵漪儿继续说道:"是的,这八大浮城,是南海龙神爷爷建来守卫海疆的。与我家四渎水府不同,南海龙域,并不十分太平。也许你还没听说过,在南海波涛深处,还有一处神秘的鬼域,名为烛幽鬼方,其中有烛幽鬼母,手下悍鬼无数。鬼母鬼众,经常侵扰南海生灵,于是为保水域平安,龙神爷爷便在千年之前筑起了八大浮城,浮城可以在南海之内迅疾漂移。浮城之中，又有八大神力高强的海神，号为'龙神八部将'，各镇一方，以御鬼族侵凌！"

显然，作为龙族公主，灵漪儿对这些龙族逸事无比熟稔，跟小言这一番讲述可谓如数家珍。对小言来说，虽然他自觉以前的经历已算不凡，但似乎加起来还比不上今天一天所见的丰富。

眼望着远处波涛中漂摆不倒的伟丽城堡，小言在心中暗暗忖度："嗯，等以后自己能御剑万里了，也带琼容、雪宜她们来开开眼界！"

心中转念之时，上清宫四海堂堂主浑没注意到，就在他们这龙马之驷离浮城越来越近时，他左手上的那枚司幽冥戒，突然间一阵幽光游动。

"到了！"浑然不觉的灵漪儿，欣喜地叫了一声，便驱使着龙马之驷从空中飞落，眼见就要分波而入。

只是，就在此时，他二人却忽听得吧唧两声，猛然有几物从天而降，正摔落在他们身边的海波之中。

他们身边这片海面，此刻已被夕霞浸染得流光溢彩，一派平和，浑看不出丝毫险恶。

第三章
乘月穿林，偶入不复之地

小言和灵漪儿两人闻声看去，见一位青巾赤衣的老者正在波浪中挣扎翻滚。他旁边，则是两只硕大的水鸟，正肚皮朝天。看它们扁嘴宽蹼的样子，就像是两只体形放大的野鸭。

见有人落水，小言就要跳下海去救人。正要起身，却发觉身旁的灵漪儿竟浑若无事，只顾在那儿捂嘴偷笑。见得她神情古怪，小言知道其中必有怪异，便耐下性子静观其变。

等嘻嘻笑过一阵之后，灵漪儿才开口向波涛中喊道："流步老神仙，今儿你也来赴会了？"

话音未落，忽见那个原本在波涛中狼狈挣扎的老者，突然弹身一跃，眨眼之间便站立在他们车驾之前。

他刚刚立定，还未来得及答话，灵漪儿瞅瞅那两只巨型鸭兽，便接着好奇地发问："流步仙，这两只水鸭是你的新坐骑？"

听得灵漪儿这话，正在波浪尖上飘摇站立的流步仙脸上有些尴尬。定了定神，他才欢然回答："不错，四渎龙女果然好眼力！这两只神鸟，确是本仙刚换的新坐骑。不过它们不是水鸭，而是唤作'蛮蛮'。"

刚说到这儿，那两只重又浮游海面的水鸟，便一先一后地"蛮蛮"叫了两声，似乎正在佐证它们主人的话。

瞧着这两只善解人意的蛮蛮鸟，流步仙抚着颔下须髯，扬扬自得道："哈哈，小公主你有所不知，这比翼而飞的蛮蛮鸟，很是难得，幸好本仙赶在南海宴席之前找齐了两只。就是配合上还稍有些不娴熟，害得本仙人小小跌了个跟头。"

听了这话，小言留意打量了一下，才注意到流步仙口中的那两只蛮蛮鸟，竟都只有一翅一目。难怪眼前这流步仙说一定要找齐两只。

等流步仙呼喝起新坐骑，两足分踩入水而去，灵漪儿才告诉小言，这流步仙也是个古怪仙人，虽然最擅神行之术，却偏偏喜欢驯化一些奇禽怪兽来代步。只不过，相比瞬息千里的神行仙术而言，流步仙向以自负的驯兽之技，实在只是一般。依灵漪儿来看，只说与兽鸟的亲近程度，流步仙就连琼容也不如！

就在灵漪儿说着这些神仙的琐碎事情时，小言却还想着刚才那一目一翅的蛮蛮鸟，觉着真是乾坤之大，无奇不有！

遇上流步仙后不久，小言与灵漪儿所乘的龙马之驷也分开水波，向南海龙域深处驶去。

与在云空中相比，到了水中，车驾前那四匹龙马更是矫健如龙。还没等小言看清四周景物，便忽见车前神驹猛然奔逸向前，将他们连人带车撞向前方一处透着蓝色光亮的气团。然后，只听得哗一声空鸣在冥冥中响起，他们这驾马车，便在千万朵散如飞花的亮蓝气泡包围中，撞入一处奇异所在——

"这就是南海龙宫。"灵漪儿吐气如兰，轻轻告说。

听得此语，望着眼前瑰丽的贝阙珠宫，口鼻呼吸着似水非水似汽非汽的清霭,小言仿佛又回到了初入鄱阳湖底四渎龙宫的时候。这时,他看到玉贝铺成的海底甬路边,那些瑞彩流芳的翠绿海藻叶上,清清柔柔,竟仿佛流动着一层淡月的光辉。

见到月华一样的光彩,小言下意识地抬头望望上方,这一看,让他猛然一惊! 原来,此刻自己头顶上方,并不是自己想象中那样是一片漆黑水色,相反地,在离海面有万仞之遥的水底,却和尘世间一样,头顶上覆盖着一片广袤空明的淡蓝穹空。蓝色天穹中,也和人间一样,悬挂着一轮微白的月轮,正散射着柔柔的光辉。

"莫非这水底的神宫仙阙,都建筑在另一个世界之中?"看了海底的乾坤,小言若有所思。

不知不觉,他们便到了一处玉石牌楼前。小言看到牌楼前那排顶缀明珠的玉石柱上,系着不少古怪神兽,其中有些似虎似豹,正暴躁崩腾不已。

到得此地,灵漪儿便同小言下了龙车,将龙马放到旁边那片琪藻林中觅食,然后她便轻拽小言衣袖,说道"快要迟了",催他快行。

于是在这奇异的空间里,足不点地地飘忽向前,掠过不少样貌奇特的人物,不多一会儿,小言便与灵漪儿来到一处珊瑚林掩映的白色宫阙前。

看那宫阙的式样,飞阁挑檐,好像和人间的殿堂没太大差别。只是建筑的材料,不是琼砖便是贝瓦,让整个宫殿都流光熠熠、瑞气纷纷,照得周围的五彩珊瑚林都好像涂上了一层晶润的珍珠光彩。听灵漪儿说,这处白辉耀映的宫殿,便是今晚赏花宴游之所——灵蕊宫。

到了灵蕊宫外的珊瑚林旁,一直急急向前的四渎龙女灵漪儿忽然停了下来,请小言上上下下地仔细打量她一番,帮忙看下她的衣饰有何不妥。等确认无误后,四渎公主才放心地和她的同伴一起朝灵蕊宫门款款行去。

入了贝阙之门,门边迎客的妖鬟刚报了声"四渎公主灵漪儿到",小言便听到毫光晃目的宫殿内立即响起一声大笑，然后便有一个男子的雄浑声音欣喜问道："是灵漪儿小妹来了吗？"

话音未落，小言便看到一个雪袍金甲的伟岸男子，正从宫厅之内朝他们走来。

等他走到近前，小言才看清这个威风凛凛的金甲神人，如按世间眼光来看，也就是将近三十的年纪。看样貌，长得颧骨高耸，隼目鹰鼻，凛凛有狠厉之气。虽然此人样貌并不英俊，但配合着高大的身形，却是不怒自威，流露出一股罕见的勃勃英气。站在此人面前，饶是小言往日胆大，此刻也禁不住有些畏惧之意。

只是，他身旁的灵漪儿，却早已习以为常。见那男子迎来，不直接答话，而是依礼略略侧身，福了一福，然后迎着男子的目光，语气平常地答道："原来是孟章水侯。请问祖龙爷爷最近身体可好？"

"……咳咳！"听了灵漪儿之言，盛装而来的南海水侯却有些尴尬，略停顿一下，才有些无奈地说道："灵漪儿妹妹啊，跟你说过多少回了，你叫我爹爹祖龙伯伯就好，他可是和你爹爹洞庭君一个辈分……"

听他这番话，再看南海水侯的神态，小言忍不住暗暗惊奇：想不到威猛非常的南海龙神，在和自己同来的灵漪儿面前，竟变得这样温顺。言谈举止之间，还有几分进退失仪，似乎连说话都有些结结巴巴。

见得眼前这一情形，小言这才想起来，好像灵漪儿曾跟他提过，说什么四海之内，谁不知她四渎龙女向来冷若冰霜，冷脸待人。以往每当她提起这个时，小言总是嬉皮笑脸，只当笑话来听。见了今日这排场，才知道恐怕这丫头往日所言非虚。

正回想往事有些出神，忽听眼前水神有些迟疑地问道："灵漪儿，不知这位是……"

"他啊！"听孟章问起小言，灵漪儿忽然春风满面，嫣然笑答，"他叫张小言，是我水府附近的一个邻居，现在罗浮洞天的上清宫中修习道法，法力很是高强！"

忽见眼前灵漪儿笑靥如花，秋波流转，孟章水侯一时看得痴了，倒忘了答话。

过得片刻，回过神来，回味了一下，才知道眼前剑眉星目的青衫少年，只不过是个修道的凡人。

想到这点，孟章也顾不得和小言见礼，便向灵漪儿关切说道："妹妹怎么可以这样不当心？没有浮游将军护卫，万一路上遇上鬼魔怎么办？"

听得孟章关心之语，灵漪儿却有些不悦，道："哎，孟大哥太过虑了，这世上哪有那么多妖魔鬼怪！"

虽然知道南海水域常遭烛幽鬼怪骚扰，但看着孟章在赏花宴中仍是一身戎装，灵漪儿仍觉得有些怪诞。不过，听了她这样的反讽，孟章却恍若不觉，内心里只顾着为那声"孟大哥"暗自欣喜不已。

正在这时，忽听厅角某处一阵骚动，似乎有人口角，灵漪儿便对眼前愣怔的水侯说道："水侯大人，你别光顾着在这儿说话，还是去招呼你的客人吧。"

说完，她便和小言一起在宽广殿堂中找到一处玉案坐下。等安坐下来，他二人便往那争执之处望去。

一望之后，灵漪儿脱口说道："呀，原来又是夫诸、鸣蛇吵架！如果是我，便不会把他二人同时请来。"

"咦？"听灵漪儿这话说得古怪，小言有些不解，便好奇问道，"夫诸、鸣蛇是什么神仙？为什么不能请他俩一起来？"

见他疑惑，灵漪儿耐心解说道："小言你不认识他们。这两人是一双死对头。那夫诸，本相是个长着四支角的白鹿，善召唤大水；那鸣蛇，则是条四翼白蛇，有致大旱的法力。"

说到这儿，灵漪儿幽幽叹了口气："唉！也不知道为什么，他俩本相都是白色，却一见面就像冤家一样吵架……"

"咳咳！"虽然见闻不如灵漪儿广博，但听了她这声迷惑不解的幽幽叹息，小言还是有些哭笑不得。

当然，吵架的热闹他俩也没看得多久。等威严的南海水侯一过去，这场莫名其妙的争吵便自动平息了。

听了主人建议，两位能召水致旱的冲动神仙，便都离开了那个不约而同看中的风水宝座，到厅中重新觅得距离较远的座位坐下。

等在灵蕊宫中安坐下，小言才知道，很不凑巧，即便以南海水侯的神力，竟也算错了宫中那株五百年才开花一次的金海昙的花期。原来，据孟章刚才掐算，还要过一两个时辰，那株金色的海昙花才会绽放。因此，灵蕊宫中整个赏花筵席，也要推迟一两个时辰才开。

听说筵席要推迟，那些仙子神女均淡然处之，反正他们都是餐风饮露之辈，从无肚饿之忧。筵席晚开，也只是晚些享用南海龙宫的美味珍馐而已。

于是大厅中，顿时热闹起来。应邀赴约的仙人们听说时辰还早，便各自找到和自己交好的神仙，开始你一言我一语地攀谈起来。自然，这其中少不得流步仙高声大嗓地传授如何驯服神兽仙禽。而他身边，竟聚着不少不知底细的好学仙人，在那儿虔心倾听。

见各样姿态不凡的仙子神人三五成群地交谈，初入其间的四海堂堂主自然竖起耳朵，希图能听到什么修仙炼道的良方。不过这样的倾听并不能太专心，他身边的灵漪儿几次谢绝了南海水侯的邀请，只顾和他兴高采烈地交谈。

只是这样的闲谈并没持续多久。过了一会儿，便有几位仙姿艳逸的女神过来,招呼灵漪儿过去一同探讨重要事宜,灵漪儿便离案而去。虽然,灵漪儿知道那些姐妹并不会有什么重要事情相谈,但隔了很久没见面,也的确有些想念,一起叙叙话也好。等加入到那群绫带飘舞的仙子之中,灵漪儿才发现,姐妹们的第一个议题,竟是考问自己和那个少年到底是什么关系。

略去这些神女的玩笑闲话不提。小言坐在厅角的玉石桌案旁,旁观灵漪儿与那几位神仙女子交谈,才知道她们毕竟不同于凡人,只是笑谑之时,也自有一股端庄静穆的神气。

"嗯,在我见过的女孩子中,大概也只有小盈、琼容、雪宜,才有这样的神气……"

而当灵漪儿走到一群仪容仙婉的仙子之间,小言才发觉,原来四渎龙女,竟真的是好看!置身在那些美貌仙女之中,灵漪儿仍是秀色出群。这么一看,也难怪南海水侯会偷偷命人画她的挂像。

这样静坐一隅,有一搭没一搭地想着,过了一阵他就觉得有些无聊。于是,又等了一会儿,小言便站起身来,想去灵蕊宫外那片珊瑚林中走走,看看海景。

走出了贝阙宫门,来到旁边那片流光溢彩的珊瑚林中,小言便在其中信步闲踱起来。

在淡蓝清霭中随意闲走,看着那些在空明中漂浮展动的海藻,不知不觉中,小言便已走出好远。等看完珊瑚丛中一朵晶莹的花朵,他记起时间似乎已过去好久。只是,等他直起身来,在珊瑚林中转了几圈,才猛然发觉,自己迷路了……

不过,幸好自己会瞬水之术,即使在海底奇异的气息中也能漂移自如。于是小言便跳到珊瑚林上空,朝着散发明亮毫光之处迅速飘游而去。

只是可惜,等他到了那处明亮所在,却发现原是一处布满海苔的珊瑚礁岩,旁边有一个大如床席的珠蚌,壳中珠大如拳,白光粲然如银。等他走到近前,那只千年珠蚌忽然闭合,顿时周围又是一片黯然。

如此几次,不知不觉中,初入南海龙域的小言已距灵蕊宫越来越远。

正心急如焚地寻路之时,小言忽见前方又有一毫光毕现之处,似是灵蕊琼宫之所,于是赶紧拈着瞬水诀,一头朝那处冲了过去。

只是,等他施展完法诀立定身形时,才发现自己已到了一个宛如梦幻的陌生之处!

这时,在四围山环如屏的入口之处,有两个直立的雪色巨蚌,忽然同时开启。洁白如雪的蚌壳中,各有一位执剑女子,相对而视。过得片刻,其中那个绿衣蚌女,疑惑地向同伴问道:"姐姐,你刚才有没有感应到,似有什么人闯入了禁地?"

第四章
皎月微缺，偶遇结环汐影

　　在琼枝交错的珊瑚林中信步徜徉，不知不觉竟忘了归途。等飘身到了林端，却因为习自灵漪儿的瞬水诀倏来倏往，小言一时把握不住，竟离灵蕊宫越来越远。

　　瞬水之时，偶然间忽见前方似有一片清光，小言便也顾不得许多，一头便往其中冲飞而去。等到了其间，小言才发现，自己已来到一片水色清蓝的湖谷之中。四围里，山礁耸立。雪色的海底山岩宛如雪玉屏风，环绕在波平如镜的海底清湖四周。呈现在眼前的这片淡蓝湖水，纯净得仿佛不含丝毫杂质，不必聚目凝神，便可清楚看到浅滩水底那一蓬蓬青绿的水草。远处的湖面上，漂浮着一叶小舟，在清澈的湖水中静止不动，仿佛悬空镶嵌在那里。

　　映着下面这片蓝汪汪的湖水，现在水底龙域上空那一轮月华，也好像染上了一层淡蓝的颜色，照得眼前这一切朦朦胧胧、迷迷离离，四处都好像氤氲着一层淡蓝的雾霭。

　　乍然置身于这片如梦如幻的清蓝奇境当中，见到前所未见的美景，小言一时呆住，竟忘了寻找归路。

　　在这近水之湄的银色沙滩上闲行几步，小言忽看见远处湖畔生长着一株巨大的花树。缀在那株花树上面的寥寥叶片,在海月之中闪耀着碧色的玲珑之光,仿佛是一片片名贵的翡翠。翠玉叶间,开着玉色的淡黄花朵,花瓣修长,宛如瓜片。举目观赏一阵,便看到常有花片无风自落,坠地时琅然有声,真如玉石造就。

见得海底奇花,小言便不自觉地走近观看。

渐渐走得近了,目光追随着那些飘落的花瓣,小言忽然发现,就在这株巨树的根部,倚靠着一位着雪色长裙的女子。清幽的月光,透过层层叠叠的花叶,落到她身上时只剩下斑驳的光影,远远看去毫不显眼,所以他刚才竟丝毫没有察觉。

见有人,小言这才想起,既然迷途,何不向她问得归路。心中起了这个念头,他便加快脚步,朝湖畔碧树下走去。

脚下所踩银沙细软洁净,饶是小言快步行走,仍是只发出沙沙的轻响。一直到他靠近,树下那位少女仍然没有发觉有人到来。

等走得近些,小言这才看清楚,那位侧倚着青苍树干的白衣少女,一头乌发披散如瀑,上面简略地簪着粉色的花朵。裙衫遮蔽的双腿,侧蜷在湖水之中,偶尔动动,便朝四周点出一圈圈涟漪纹路。她手中持着一只花环。看起来花环还未完成,少女不时从眼前湖水中捞起头顶花树上飘落的花朵,全神贯注地编织手中的花环。

等到了近前,那位专心编织花环的少女,还是没发觉有人到来。站在她身后又等了一会儿,见她丝毫没有反应,小言只好上前,拱手一揖,和声问道:"这位仙子姐姐,打扰了。我不小心迷了路,不知您能不能告诉我灵蕊宫该怎么走?"

彬彬有礼地说完,正等着女孩答话,却不料面前这位一直静处的少女,竟仿佛听到晴天一声霹雳,手中花环失手落入湖中,整个人弹身跳起,浑身

颤抖，就好像一只受惊的小鹿。

"咦？"见女子这般惊惶举动，小言满脸迷惑，心说道，"奇怪……我刚才这说话声，并不太大吧？"

虽然疑惑，但见白衣女子反应出奇激烈，也不知是起了什么误会，小言赶紧出言补救："仙子在上，请恕我刚才唐突。其实今晚我是来赴南海花宴，不小心迷了路，所以才恳请仙子指点路途，实无他意。"

听他重又说了一遍，白衣女子终于略略平息了颤抖的身躯，然后缓缓转过身来。

"呀！"这一回，却换小言大惊失色了！看清窈窕女子的颜面，饶是小言心性沉静，仍忍不住脱口惊呼出声，然后"噔噔噔"倒退几步，费了好大力气才重新站稳身形。

见到他这样惊惶的模样，女子却一脸平静，仿佛早已司空见惯。

再说小言，等稳住身形，定了定神，才想起刚才的举动甚是失礼，于是便试图道歉："抱歉，我刚才，实是因为……"

往日口才颇好的小言，讷讷说到这儿，却是几度嗫嚅，不知该如何说下去。

原来，就在刚才，女子转过身来，小言朝她脸上一看，发现青春年韶的女子面颊上，竟纵横交错着几道黧色的青纹，宛如乌云遮面，将原本少艾的容貌破坏殆尽！和预想的相差太大，毫无思想准备的小言自然惊惶失措。

与脸上这些陋纹相比，女子足下的龙鳞鱼尾，倒反而没能吸引小言多少注意。

等刚开始本能的惊慌过去，小言这才意识到，刚才自己这举动有多失礼："唉，即使貌如无盐，也非她本意。我刚才这样的举动，肯定会让她难过。"

心中忖想间，再努力朝女孩脸上看去，便发现她虽然神色平静，但在那几道侵入肌理的乌纹中，一双清如湖水的眼眸深处仍是充满掩饰不住的深深哀伤。

见如此，小言心中大为惶恐。他出身甚为低下，两年多前一直被人呼来喝去，最能体会这样被人轻视的悲哀。于是，等不得心神完全镇定，小言便急忙跟眼前的女孩道歉："实在抱歉！我刚才竟做出如此劣行。请姑娘恕我无知，不要往心里去。其实你也不用太担心，原来我认识邻村一个女孩，她脸上也有一块胎记，有些难看，但后来，她还是嫁了个好人——"

急切说到这儿，小言才猛然惊觉，自己言语间还是围绕着眼前女孩最忌讳的容貌说事，实在不智。觉察到这点，他顿时噤口不言。无语之时，小心翼翼地看看眼前少女，却发现她仍是一脸默然。见这样，小言顿时满心后悔："唉！想我平日说话顺溜，怎么到这时，却偏偏哪壶不开提哪壶？"

心中后悔，他脸上便满是尴尬惶恐。此时，他并没留意到，在听了自己这番笨拙的安慰话语之后，那位纹翳满面的少女眼眸深处却起了些难以言喻的变化。不知不觉中，她袅娜的身体又开始微微颤动起来。

于是，只顾着惶恐的龙宫访客小言便看到身边平静如镜的湖面异变陡生。

仿佛得了某种神秘的感应，原本清若琉璃的湖水，突然间动荡不停，转眼之后，整个清湖就像一锅煮沸的开水，千百道硕大的水柱挣开湖面束缚，冲天炸起，仿佛要冲刷到天上那轮蓝月。

一时间，小言身边湖水如沸，涛声如潮，巨大的浪头朝湖畔奔涌，仿佛马上就要将少女和自己一起吞噬。

见得这般凶险情景，正找不到由头道歉的小言，反倒顿时来了劲头！

"姑娘别怕！"

一声断喝,小言便一个箭步挡在女子身前,面朝着凶猛奔涌的湖波,发出一声连绵不绝的清啸。在他这声音节奇异的清啸中,满湖澎湃的波澜顿时平息了激烈的动荡;冲天而起的涛柱波墙,现已变成千万个水做的小人,正随着小言的啸音在湖面上曲折舞蹈。

过得一阵,原本横空而起的凶猛湖浪,便散作轻柔的雨水,大如珠,小如雾,随风而至,拂面沾衣,让湖畔两人陷入一片清凉之中。

原来,对法术理解已臻炉火纯青之境的小言,以啸声杂糅四渎神术水龙吟与风水引,将突如其来的漫天波涛,化作了回风水舞。

在这漫天雨雾之中,小言又转过身来,在雨丝风片中躬身深深一揖,然后挺起身形,一双明亮的眼眸向眼前女子注目而视,语气温柔地问道:"在下上清张小言,敢问仙子芳名?"

听他问起,眼前女孩只是默然无语。

正当小言迟疑之时,却忽听得"咔嚓"一声,平地响起一声霹雳,直震得他心神俱颤。等定下心神再去看时,却发现眼前已失了少女踪迹。

"呀！这龙宫的女子,果然神奇！"见得刚才女孩神龙见首不见尾的手段,小言满腔惊异。只不过在惊奇之余,还是隐隐有一丝遗憾:"唉,可能她还是有些恼我……"

虽然只是觌面相逢,素不相识,但善良的小言心中,还是有些怅然。

惘然怅立一阵,正当小言要回转身形,准备离开偶然奇遇之地时,却忽然看到眼前那片风潮退去的银色沙滩上,宛然刻着两个娟秀的文字:汐影。

等告别了这片偶然踏入的湖谷,跟路遇的龙宫侍女问明道路,重又踏入金碧辉煌的贝阙珠宫之时,小言心中还在回味刚才那片雾霭流蓝的湖谷,还有谜一样的少女。

"汐影,好名字。"

正当他非梦非觉、如醉如醒之时，身畔忽然响起一个欣喜的声音："小言，终于找到你了！你刚才去哪儿了？再过一刻，海昙花就要开啦！"

第五章
花开酒暖，笑言便可忘餐

小言回到灵蕊宫中时，被水国云族姐妹们拉住聊天的灵漪儿，正等得有些焦急。虽然问过侍女，知道小言是去了旁边珊瑚林中散步，但等了许久也不见小言回来，她心里不免着急，刚想着要用什么借口摆脱眼前这群闲话不断的仙子仙姑，便见小言安然归来。

等她欣喜地迎上前去，绽开一脸笑容时，旁边那几个一直偷觑她的少龄男仙，都在心中暗暗称奇："奇怪，一个龙宫护卫，如何值得四渎公主这样关心？"

此时，离海昙花开只有一刻时间，原本宾客往来的宫厅中央，已经空了出来。晶莹斑斓的地面上，由龙宫力士搬来一只洁白温润的玉鼎。白玉鼎中，盛满了凝脂一般的透明膏液，上面浮着一株清碧奇草，茎株顾挺修长，柔叶通明翠绿，众星捧月般围簇着一朵娇嫩的淡金花苞。

听灵漪儿说，白玉鼎中这株碧草金苞，便是今晚众人瞩目的海昙花。

此刻，灵蕊宫中的宾客都已回到各自座位中，安静不言，只等目睹海昙花开的奇景。见厅中寂静，灵漪儿也不好意思开口询问小言刚才为何迟来。

又过了一阵，水府主人孟章见鼎中花苞金色转浓，花骨朵微微颤动，便赶紧一挥手,口吐几个奇怪音节。灵蕊宫中用来照明的夜明珠蚌,一起应声合上蚌壳,大厅中立时陷入一片黑暗。

等身边光亮全无时,小言这才发现,原来鼎中那株海昙仙株,无论碧叶还是金苞,全都笼罩着一层明透的毫光。

又过了片刻,小言便见那株毫光隐约的奇草,忽似通灵悟道,那团已结了百年的花苞,突然间无风自摆,就像在朝四面的仙友点头致意。须臾之间,海昙原本淡金的花骨朵中,忽然透射出十数道金色的光芒,霎时刺破四周的黑暗。

"原来海昙花开前,还会射出金光!"

见了海昙花别具一格的开花方式,小言如痴如醉。

正当他等着金光迸射后花苞绽放时,却见那十几道原本应该照射无碍的金色光气,似乎受到一股强大的引力,在碧株四周停留一阵,便倏然舒展成一片片美丽的金色光瓣。滢澈的金色花叶,如同水母通明的触手,在深沉的黑暗中轻柔展动,宛若仙姝舞带。之后,整个灵蕊宫中便流溢着一股奇异的清香。

口鼻中呼吸着芬芳的花香,小言朝那些舒展的光瓣看去,发现在璀璨的金气之中,隐隐含着一道道鲜红的光线,勾勒出海昙花瓣柔美的线条。

终于见到海昙花开,众仙客屏气观赏一阵后,灵蕊宫中便又重复光明。种植海昙的琼浆玉鼎,被宫中力士小心移走,放到别处暖房中悉心养护。

接下来,南海龙宫宴请四方知交的筵席便正式开始。一道道前所未见的美味珍馐,被丫鬟们流水般送到各位仙客面前。

菜肴送上,小言正是腹中饥馁,只等筵席主人一声招呼,便开始品尝这些新鲜无比的海底佳肴。当他夹起一簇肥美的带状海菜,发现海菜从盘中连绵不断地扯出,正有些无从下口之时,旁边走来一位侍从,递出一钳,运转

如风,瞬间就将这条绵延不绝的海带夹成了数十小段。

见侍者殷勤相助,小言抬起头正要言谢,一看之下却忽然呆住,原来侍者那把用作工具的青色钳子,竟生长在他手臂末端!

愣怔一阵,小言便想到,这位螯手侍者,应该是个海蟹精了。

与他不同,灵漪儿见怪不怪,浑若无事地叫蟹精也夹断自己盘中的海菜,然后便告诉小言海菜的名字:"这就是南海特产绫带萐,滋味不错,你可以多吃点。"

享用过鲜美食物,过了一阵,宫厅四处那些交好仙友,又开始闲聊起来。和其他女孩一样,灵漪儿也是爱花之人,今晚亲眼看到金海昙开花那一瞬,也是开心非常,便跟小言说起自己所知的海昙花的典故传说来。

等说到海昙花绚丽不可方物的花姿时,小言也不住口地称赞:"是啊!海昙花金气纷华,特别是花瓣中一条条勾勒形态的红丝,尤其妙绝!要知道,金气乃飘逸易散之物,有红线牵着,也许海昙花可以开得更长久些吧。"

从五行角度发表一番高论,正等着和灵漪儿进一步探讨,却忽然发现灵漪儿一脸奇怪的表情:"咦?小言你看到海昙金瓣中有红色脉络吗?我怎么没瞧见。"

听灵漪儿这么一说,小言一脸愕然。他刚才明明看到海昙花的金色光瓣中,有一道道鲜明的红色脉络。看小言脸上表情,灵漪儿心知他不是在逗自己。正当她想跟别处仙客问询时,忽听北面主人位置上,南海水侯正跟旁边几位交好勇士大声夸道:"这海昙花,还有一个奇处。在它开花时,若是有缘,便可从它的花瓣中看出红线,这是难得的吉兆。"

"哦?果真?"

"那是当然!瞧仙兄这般反应,刚才大半是看到红线了?"

"呵……孟章兄说笑了,我只是第一次听到这典故,觉得新奇而已。"

"原来如此!"

后面也听不见他们说什么了。

听过孟章那番笑谈,灵漪儿终于确信小言所言非虚,且听到看到红线是吉兆,很是替小言高兴。此时却听小言问道:"灵漪儿,你知道这南海中,有一个叫'汐影'的女子吗?"

"汐姐姐?"听小言问话,灵漪儿答语脱口而出。

看她这样反应,小言便笑道:"哦!原来你认识。"

"那当然,她是南海龙神的二公主嘛。"

略略思索了一下,灵漪儿有些迟疑地问道:"小言,你……见过她了?"

灵漪儿想着,汐影因为容貌天生有缺陷,甚少见人,所处之地便是南海禁地,不允许旁人踏入。这位姐姐本身,更是南海的风暴女神,神力惊人,若是有人贸然闯入禁地,定然是尸骨无存。听了小言之言,正在替他担心,却见小言浑若无事地说道:"是啊,刚才出去闲逛,不小心便在一处湖谷遇到了她。"

"啊?那你有没有受伤?"听了小言这话,灵漪儿顿时紧张起来——说不得,若是自己的同伴有何损伤,定要去找那位龙二公主理论一番!

见她紧张,小言倒有些奇怪,答道:"没有啊,偶然碰上,又没起争执,怎会受伤呢?"

看着小言懵懂不觉的模样,灵漪儿半晌无语,然后才问道:"你见到她容貌了吗?"

"是啊,还和她聊了一会儿。咦?这很奇怪吗?"

小言忽然发觉,灵漪儿听了自己的话一脸讶然。见灵漪儿讶异的神情,稍一琢磨,他顿时想到因何缘故,便道:"灵漪儿,你这位汐影姐姐,也算不幸。身为女孩,身姿窈窕袅娜,但无巧不巧,偏偏脸上生了一块暗晦胎记。

那也没法子,听说是天生的,也怪不得她。"

见小言说到别人不幸之事,脸上神情有些郁郁,灵漪儿便替他排解了一句。但看看小言仍是一脸可惜的模样,灵漪儿便调侃他道:"小言,是不是如果汐影姐姐脸上光洁,你便舍不得回来赏花了?"

"哪儿的话!"听得灵漪儿此语,小言顿时大呼冤枉,"我和她只是萍水相逢,况且我张小言,也不是以貌取人之徒!"

"是吗?"见他这副着急模样,灵漪儿觉得甚是有趣,"哼,谁知道你呢!"

说完,她又想起一事,便饶有兴趣地追问:"对了,小言你跟我说实话,如果当初相逢之时,我脸上也有暗影,你是不是会赶紧将笛子扔还给我,不再理我?"

到今日,灵漪儿心中,对当年小言悍不还笛,早已有了新解:当年有那样的误会,并不是因他怠懒不讲理,而应是小言见自己模样可爱,想多见几面结识而已。

问完刚才这话,灵漪儿正等着忠厚的小言一口否认,却不料,小言迟疑半晌,然后浮现一脸促狭的嬉笑,歪着头只管打量她,浑没正形地答道:"这个……我要好好想想。也许会吧。不过也不是很肯定……要不,啥时有空,你拿墨汁涂在脸上试试?"

"哼,不理你了!"

见小言反来戏谑自己,灵漪儿便学琼容那样,嘟起嘴,不再理他。却不知,左近那些知她过往风格的仙客,忽见她现出这样娇憨的模样,个个好生惊异,不知今天到底发生了何事。有那精于筹算的仙人,更开始暗暗算起星相,看今日是否出现了什么错乱。

在两人融洽对答之时,灵蕊宫一队仙姬过来献歌献舞。伴随着一阵轻灵悠扬的仙乐,这些南海舞姬的歌声似乎也带上了冷冷的水音。听灵漪儿说,现在奏的这支曲子名为《烟波》。

就在灵蕊宫轻歌曼舞之时,万里之外的鄱阳水底,则有一场短小的对答。幽静的龙宫之中,一位宫装丽人对公公云中君说:"禀龙君,灵漪儿那丫头近来颇有些古怪。此番她去南海赴宴,并未带浮游将军去。"

听她说起宝贝孙女,云中君一脸乐呵呵:"是吗,这丫头为何一反常态?最近都很少烦我。"

宫装丽人闻言嫣然一笑,答道:"依湘儿之见,恐怕是灵漪儿这丫头对南海水侯有了些心思。"

原来,这位容颜端丽的夫人正是湘水女神,也是四渎龙王儿子洞庭君的妻子,更是灵漪儿的母亲。听她此言,原本笑呵呵的四渎龙王云中君却似乎有些无动于衷,只是淡淡问道:"你怎么看出来的?"

"禀龙君,想我这丫头,以往对四海赴会没什么兴趣,但这回一接到南海召帖,似乎很是心动,一副恨不得马上出发的模样。更重要的是这回她出门连浮游将军也没带,应该是怕旁人打扰。依湘儿看,南海水侯跟我儿年岁相当,又神勇过人,所辖水域广大,我们若能和他结为姻亲,无论是对灵漪儿还是四渎龙族,都是大大有利。"

看得出来,湘夫人对这位佳婿人选甚是满意。既然女儿喜欢,那就不妨扯上四渎龙族的前途,说服四渎龙宫中真正的主人同意。

"哦,是这样啊……"听得关心女儿终身大事的湘夫人这番唠叨,曾于闹市赠笛给小言的老龙君,只是淡然说了一句,"儿孙自有儿孙福。灵漪儿姻缘之事,我们也不必过多干涉。"

说到这儿,略停了停,四渎龙王云中君问道:"小湘,近日你家夫君去哪儿了?"

听公公问起夫君,湘夫人赶紧答话:"禀龙君,夫君他前些日子去流云牧巡视去了。据云梦泽留守神将禀报,近日流云牧周围常有魔人出没,恐怕那些妖魔会对牧场中的龙骧不利。"

"嗯……"听了儿媳妇的话,云中君眯眼思忖半晌后,便跟眼前的湘夫人说道,"洞庭儿做得好。"

"嗯? 这是何意……"湘夫人有些迟疑。

"无他。无事之日甚久,我们四渎龙族,也该整饬整饬龙兵武备了。"云中君淡淡道。

略过四渎龙宫中这番家常对答,再说南海水底。招待四方仙朋的灵蕊宫中,此刻筵席间的乐曲已由柔婉的《烟波》换作雄健的《破军》。这首南海龙神破阵之乐响起后,宫厅中便有两队强健力士,踏着隆重鼓声互作搏击之舞。

与四渎龙宫不同,南海龙域因为有鬼方之扰,甚重武备。这破军之舞开场之后,一位容貌刚硬的龙盔武士,便在一旁呼喝不停,就好像正在战场上指挥军马。那些雄壮力士,则在将军的调度下,不断变换阵形,就如同真在和敌手厮杀一样。

看到这样,那些悠游海内的仙客散人,俱都惊叹南海武风之盛。其中不少人,看出那位引领舞蹈的神甲将军,正是孟章水侯手下龙神八部将中的第一将磐狐。

此时,这咚咚的鼓声仿佛一声声地正在敲击着自己的心房。感受着雄浑强劲的鼓音,小言震撼之余,却对乐鼓的模样颇为不解。

原来,此刻那些被敲击奏乐的巨鼓,鼓面大部分都用木板镶住,只留一小块鼓皮给力士敲捶。奇怪之余,问过灵漪儿,才知道这些蒙木之鼓乃南海军鼓,由夔牛皮制作。若无木板蒙住,则即便只是轻轻敲击,这夔鼓之音也能声震五百里,有若雷鸣。也正因这样,夔牛之鼓也被称作雷鼓,若是全力

发音，自是不宜作席间佐食之乐。

听灵漪儿说过原因，再听着这震动心魄的鼓音，小言惊叹咋舌不已。

在强劲的鼓乐声中，龙神八部将之首的磐狐随着舞阵的流转渐渐走到靠近小言的位置。

就在这时，在节奏急促的鼓乐声中，突然有人一声大吼："有鬼气！"

突如其来的愤怒吼声响若雷鸣，竟生生将洪钟巨鼓的声音给压了下去！

第六章
仙樀霞外，泪盈红袖青衫

听得磐犼将军一声大吼，响彻灵蕊宫的鼓乐顿时停住。有几个在强劲鼓乐中仍然意态逍遥的仙子散人，此刻也和其他宾客一样，一阵小小慌乱。

此时这些仙客俱是一般心思，忖道："是何方鬼怪如此胆大？要知南海龙族与烛幽鬼方乃是死仇。现在幽冥之物居然敢来龙宫内室，真是凶悍胆大！"

这些仙朋，见发话之人乃是八部将中最稳重的磐犼将军，自然对他的判断深信不疑。

对于磐犼而言，死敌鬼族，竟敢不顾龙威潜入龙族巢穴，自然让他震惊不已。也正因如此，才让他的那声警示脱口说出。

再说听得磐犼这声大喝，原本正琢磨着"人间礼乐怕是源自仙族"的小言顿时一惊，不待细想，立即流转太华之力，瞬间就将指间那枚司幽冥戒的鬼气掩饰得无影无形。

这么一来，附近这位敏锐非常的磐犼将军顿时便有些茫然。

这时，灵蕊宫中一片静寂，原本作搏击破阵之舞的力士，已经哗一声全都聚集到将军身后，手中光芒闪动，只待神将一声令下便要降鬼伏魔。座中那些仙人,则个个暗备护身法术,以免受了龙鬼相争的池鱼之灾。

南海水侯听了部将这声大叫,顿时大步流星地走了过来,一脸怒容地喝问道:"磐犼将军,恶鬼在哪里? 为何还不拿下?"

听得有鬼,孟章恼怒非常,没想到这些讨厌的阴物竟敢来自己的筵席上骚扰。

听得主公问话,磐犼躬身一礼,略带尴尬地答道:"禀水侯,刚才属下确闻到一丝幽冥气息,绝不敢欺骗水侯。只是现在,这丝鬼气属下却又丝毫感觉不到了,实在是古怪得紧!"

见属下这副尴尬模样,孟章水侯丝毫不怪他莽撞。他知道,自己这手下头号猛将,虽性烈如火,但绝不是莽撞之徒。

念及此处,略一思索,孟章便问道:"磐将军,刚才你闻到的鬼气,到底是从何处传来?"

"禀将军,是从……"说到这儿,磐犼转过身形,侧脸看了一下,便抬手一指,斩钉截铁地答道,"是从这位客人身上发出!"

众人看去,磐犼手臂戟指之处,正是小言站立之地!

见磐犼指出鬼气流露之人,四围仙客顿时一片哗然。

灵漪儿见状,立即起身怒斥:"磐将军休得无礼! 如何敢胡乱指我同伴?"

此时,被指的小言则是一脸茫然,似乎还没完全反应过来。

见四渎公主怒斥,再看少年绝不似作伪的无辜反应,磐犼一时倒有些吃不准起来。

见灵漪儿发怒,威风凛凛的水侯虽有些手足无措,但孟章水侯毕竟是水族中一方王霸,又与鬼方征战日久,听属下示警,又岂会轻易放过。

看了属下龙将被四渎公主申斥的尴尬模样,孟章咳嗽一声,朝愤怒的公主拱手说道:"灵漪儿妹子且息怒!依大哥看,磐将军思觉敏锐,一般不会看错。"

说到这儿,见眼前龙女又要发怒,他便赶紧继续说道:"只不过,即便嗅到鬼气,也未必就是这位小友本身发出的。依我看,应是他法力暗弱,才会被鬼方那些狡诈无比的阴鬼钻了空子,附身混了进来!如果这样,我们不详查清楚,恐怕对公主还有这位小友,都是大大不利!"

听了孟章这番话,虽然灵漪儿对他言语间流露出来的轻视之意好生不快,但又觉得他这席话有理有节,一时也不好反驳。

哼了一声,灵漪儿便问:"那你们想如何探查?"

"这个简单!"见灵漪儿不发脾气,孟章顿时大喜,回头呼喝一声:"快去温房中取洞冥草来!"

听得孟章此言,座中不少仙客顿时恍然,各自暗中称妙。原来,世间罕有的洞冥草,能发出洞冥幽光,正可用来照出鬼形。

见孟章如此分派,灵漪儿也无可奈何。小言身上发出的"鬼气",她自然知道个中原委。小言得到宵芒栖身的司幽冥戒,她也知情,只是此时绝不便道出。因为她深知,南海龙域与幽冥鬼族,势同水火,如果此时直言小言与鬼王结交,不知会惹来什么祸患。

"这该如何是好?"

虽然听磐犰说已嗅不到鬼气,但灵漪儿此时还是心乱如麻,只觉得好生后悔,这次不该依着性子带小言来。转眼再看看小言,却见他一脸从容,脸色沉静如常,四渎公主灵漪儿心中才略略安定。

她忖道:"嗯,即使过会儿真被孟章测出了鬼气,我也可拿爷爷名号出来,'押'小言回四渎龙宫审察……"

正在心中辗转思量对策之时,孟章手下已取来一束洞冥草。

手握着微带幽光的浅绿仙草，孟章说了声"得罪了"，便亲到小言身前，手举草把在他身上上下拂拭。

"咦？"

仔细拂过洞冥草，孟章却发现草光中毫无异象。回头看了自己的心腹大将一眼，孟章便问道："磐将军，你可曾察到鬼气逃往他处？"

"未曾。"磐狐回答得极为肯定。

见如此，孟章疑惑道："莫非是手中这草神光不够？"

他心里自是希望能将混入龙宫的鬼怪找出。

听他这么一说，小言心中一转念，便从容笑道："禀水侯，其实小子曾习过催光之术，也许可助照鬼仙草神光更明。"

原来他见水侯半信半疑，便要借故使出自己的太华清力，不管能不能将洞冥幽光催得更盛，至少可让旁人看出，自己这是纯正的三清道力，那些恶鬼自然近不得身。说起来，自己那鬼仆宵芒还真是个异数，恐怕也非寻常强横鬼雄。

再说孟章，见被试之人主动请缨，只好点头答允。于是，所有注目这边的神仙宾客，一瞬间全都感觉到正有一股至清至纯的本源之力，从少年指间奔涌而出，朝那束微光闪烁的碧绿仙草汹涌奔去。

"轰！"

就如同枯草被火星溅着，那束原本幽光隐隐的洞冥草，顿时被激发得绿气纷萦，光华灿耀得就像一支绿焰熊熊的火把！在这绚耀明光之中，那位被神光罩定的凡间少年，神情淡定，襟袖飘飘，神态与座中俊逸仙客丝毫无异，哪见得到半分鬼影！

"磐将军，我看你是酒喝多了！"见到眼前情景，孟章立时转头对属下一声叱吼。

被主公叱责,龙神部将磐犼一脸尴尬,之前他确曾喝过一些龙宫琼浆佳酿。

经过这一番风波,虽然其后仍然是一派鼓乐笙歌,但今晚灵蕊宫中不少仙人的观感已与半刻前颇有不同。这些神力渊深的仙客异人没想到,四渎公主带来的那位一脸亲和笑容的少年随从,竟还能施出这样精湛清醇的仙力。所谓见微知著,直到这时许多人才想到,那位盘踞鄱阳、总领陆地水系的四渎龙君,虽然韬光养晦日久,行事往往还不如手下那些湖主河伯来得高调,但内里实力真个不可小觑!

南海三太子孟章,则又有另外的观感。见灵漪儿与随从少年言语亲密,他自然已经问过灵漪儿,知道那少年只不过是人间道门的一个新晋子弟,便不怎么放在眼里。只是,刚才孟章见到小言那一手精纯的仙家之力,顿时便改变了看法。

刮目相看之后,再瞧着四渎龙女跟那少年亲切交谈,南海三太子的心中便有些不自在起来。

至于小言、灵漪儿,经过这一遭事故,二人对眼前这龙宫筵席便没了刚开始时的那份兴致。待南海龙宫赏花筵席按部就班地结束,灵漪儿便谢绝了主人孟章同游南海的邀请,径直和小言一起返回了。

待驾驭龙驷从南海水域中破水而出,小言与灵漪儿才发现,此刻人间的天地中,又已到了黄昏时候。

西坠的夕阳涂满半天的云霞,并将碧蓝的海水染上一层赤金的颜色。在横波而过的长风中驭车而行,小言途经海岛的烟波海市时购得了带给雪宜、琼容的礼物。等快出南海水域时,头顶的穹隆已是漆黑如墨。

长空中灿烂的星河,倒映在万顷海波中,散作亿万点闪耀的银辉。从龙车扶手旁探首朝下望去,便看到海涛浪尖这些点点的银光,就好像星河倒挂

入水,其中游动着亿条的银蛇。

风声过耳,万籁俱寂。

感受到眼前玉宇中这一份清冷入骨的寂寥,端坐龙车之上的灵漪儿,不知想到何事,突然间悲从中来,鼻子一酸,珠泪忍不住扑簌簌而落。

见一向刚强的灵漪儿忽然泣下,小言心中也是有所感触。虽然他一向随和,但心思十分敏锐。先前在南海神宴中,虽然是因为自己被察出"鬼气"才有那番纷扰,但龙神将军颐指气使的姿态,南海水侯貌似有礼实则轻忽的对待,他也是觉察得一清二楚。说到底,这些只不过是因为自己只是个凡人。

对于这份遭遇,旁边与自己交好的灵漪儿自然感同身受,自此之后小言便看出她有些神情落寞。现在落泪,恐怕还因为筵席中那场风波终于让她想到了横亘在两人之间最大的时间鸿沟。

好不容易才交到小言这样的好友,灵漪儿不想失去,但凡人毕竟和仙人不同,最经不得岁月的流逝。

眼看长空漫漫,月光清苦,小言在心底叹息一声,只对灵漪儿轻轻说道:"灵漪儿,不必难过……倒是高处清冷,不胜寒凉,我怕你会伤了身子。不如,我们先到海滨休息一下。"

灵漪儿哽咽一阵,止住悲声,泪眼蒙胧中轻轻应了一声:"嗯。"

于是,几匹通灵的龙马,吸溜溜一声清嘶,拉着银光龙驷便朝云下海滨几间渔屋飞去。

等踏上柔软的沙滩,小言让灵漪儿倚靠在一处礁岩旁,自己先去探察。

等了一会儿,小言又到灵漪儿身边,跟她说:"这处海滩甚是荒凉,那几间渔屋也破败不堪,已经很久没人居住了。刚才,我已挑了一间最完好的木构渔屋,稍微整理了一下,现在就带你过去歇息。"

虽然木屋离海水甚远，已算四五间残存渔屋中保存得最好的了，但毕竟年深日久，在海风咸雨的侵蚀下已经颇为破败。不过，小言快速整理后，原本洞然的门窗，已被他从别处渔屋中搜集来的几块木板挡上。屋中那块被渔民当作床铺的长条石上，已铺上一层厚厚的枯树叶。小言将自己的长衫解下，铺在树叶上，便急就成了一张松软的床榻。眼睫犹带泪珠的四渎公主，便在一枕海浪风潮声中渐渐滑入了梦谷……

第二天，明亮的日光从半截门板中照入，灵漪儿才从睡梦中悠悠醒来。

"咦？小言呢？"

揉了揉惺忪的睡眸，灵漪儿分明记得自己是和小言一起来到渔屋中的。

拿起小言那件被当作床褥的长衫，移走门板走到户外，灵漪儿看到小言正在远处浅海中一座礁岩上正襟危坐，面朝着东升的旭日霞光，似乎正在专心炼气打坐。

蹑手蹑脚走到近前，灵漪儿恶作剧般一声大叫："小言！早啊！"

"早啊！"听灵漪儿跟自己道早安，小言赶紧收拢心神，长身立起，纵身一跃，掠过浅海水滩，稳稳地立在灵漪儿面前。

在旭日朝阳中，重新看到这张熟悉的面庞，灵漪儿昨晚的悲伤已慢慢消散。把长衫递给小言，灵漪儿问道："小言，你昨晚一夜没睡？"

"是啊。如果我也睡了，万一有海兽夜魔来了，把你悄悄偷走怎么办？"

明亮海霞中，小言依旧是跟她没正形地开玩笑。

"那你不困吗？"

"不困！没想到浩瀚大海边灵气如此逼人，我这一夜施行炼神化虚之法，竟似有往日十倍功效！要不是琼容、雪宜等我回去过节，我还真想在海边多逗留一些时日。灵漪儿，我们现在可以回去了吧？"

小言这话一连串地说出，中气十足，双目炯炯有神，浑不似一夜没睡

之人。

　　略过这边碧海银沙上小言和灵漪儿不提,此时在万里之外的蟠龙小镇上一处小小院落中,有一个小女孩正在院中咬着手指,仰着脸专心望着天上。

　　呆呆看得许久,小女孩才转过身来,有些不好意思地跟身后的女子说道:"雪宜姐姐,我又数乱了! 你说,要数到多少,小言哥哥才会坐着那块云彩回来呢?"

第七章
明月秋水，惊破梦中之胆

踏上归途的龙车奔腾向前，一路溅起洁白的云晶，飞舞在灵漪儿与小言身畔，就仿佛下起漫天的雾雪。等灵漪儿的龙马车驾接近蟠龙镇时，已是月华满天。这一晚，正好是十五中秋。当龙马拖曳的车驷来到蟠龙镇上空，原本万里无云的天空中便有云路滚滚而来。须臾间那轮光华四射的明月，便被蒙在了一层鱼鳞样的云翳之后。

"是哥哥回来了！"

云纹满天之时，镇中一处客栈的厢房屋顶上，有一个小女孩高兴地蹦跳起来。

"雪宜姐姐，堂主哥哥和灵漪儿姐姐回来了！"

见熟悉的气息从云路中飘来，兴奋的琼容呼一声从高高的屋顶上跳下，还没等两脚着地，便朝屋内的雪宜姐姐大声报告。为了第一个看到小言他们回来，琼容已在屋脊上坐了好久！

听琼容说话，寇雪宜赶紧将白天买来的硕大西瓜捧到桌案上，然后素手一扬，那绿皮黑纹的瓜果周围便下起一场纷纷小雪。片刻之后，那只西瓜上便结起了一层薄薄的冰晶。这样造雪冰冻瓜果之法，这两天来雪宜已和琼容试过多次。她知道，只有在这个时候施法，才能恰好让瓜瓢清凉可口。若冻得早了，则瓜肉坚硬似冰，不利咬嚼；若冻得晚了，则皮瓢俱暖，入口不清凉。

等小言和灵漪儿从低垂的云端飘然而下时，院内那张桌案上已摆满各色瓜果，雪宜正搬来竹凳竹椅，琼容则翻上翻下，忙着铺排桌案上那些赏月吃食。见他们二人飘落院中，姐妹俩一起驻足，齐声向他们问好。虽然才分开两天，却觉得已是隔了许久，此刻重新见到，自然分外开心。略略问候几声，小言便招呼大家一起坐下，在小院竹案边闲谈赏月。

中秋的月夜宁静且安详，小小院落中的四个行旅过客，在微蒙的月光中围案而坐，一边吃着瓜果，一边说着分别后各自的趣事。方便给男孩听到的，灵漪儿和琼容便高声笑闹，涉及女孩家体己事，她们便背过假装糊涂的堂主，凑到一边喁喁私语。

看着这几个融洽如一家人的女孩子，吃着琼容特地从集市买来的团圆酥合家饼，小言心中忽然好像被触动了一下，格外怀念起千鸟崖上那些悠闲的岁月。千鸟崖上的日子，虽然平淡如水，但现在回想起来，却觉得格外温馨亲切。

"嗯，我也该加紧寻访走失的水精，争取能早些回到罗浮山上！"

就在小言心中转念之时，眼前的女孩们都已摘下各自的发簪，让顺滑的青丝披垂下来，如流瀑般垂散在耳颊旁，戴上了小言从海市上买来的海石花环。这些花环中的花朵白润如玉，据说采自汪洋深处的水底礁岩，名为"雪吻"，极为珍贵。

在琼容、雪宜欢然戴上堂主送的礼物时，天边那些伴随龙驷而来的云路已渐渐消散。灵漪儿带来的龙马银驷，已隐在一朵云彩中暂时飘远。皎洁如银的月华重又无遮无掩地倾泻下来，为少女们的秀发青丝镀上一层闪亮的银粉。

看着眼前这几个欢欣畅然的女孩子,小言不禁想起远方的伙伴:

"这时候小盈在做什么呢? 在和她的父皇母后一起赏月? 大内深宫之中,会不会也有这样亲密无间的赏月茶话? 小盈……现在是不是也和我一样,在抬头仰望这同一轮月华?"

望着夜晚碧空中那一轮饱满的明月,小言不禁有些神思渺然。

正有些出神之时,琼容蹦跳过来,央他讲述在南海龙宫看到的有趣故事。听琼容相求,他这做哥哥的自然责无旁贷。赶紧把目光从明月处收回,向琼容认真说起这两日的龙宫见闻来。

当说到自己无意中走入那处雾霭流蓝的湖谷,看到那株花色宛如玉石的神树时,琼容不禁有些替小言惋惜:"哥哥,你可以摘些玉石花回来呀,这样我就可以和雪宜姐一起编花环,省得哥哥花钱了! 哥哥,那些花真像玉石一样吗? 掉到地上会叮当叮当地响?"

"这个……"听琼容相问,小言挠了挠头,有些不好意思地说道,"我也不清楚,我当时忘了上前看了。"

听他这么说,一直在旁边听着的灵漪儿,忍不住插话道:"这也忘了上前看。琼容妹妹啊,你哥哥就是笨!"

"哥哥……笨吗? 不对!"

听了灵漪儿这话,琼容一本正经地说道:"灵漪儿姐姐,哥哥忘了看花,一定是有很重要的原因!"

见小琼容这般认真地为哥哥辩护,灵漪儿倒有些意外,便掩着口打趣道:"琼容妹妹你不知道,你哥哥啊,到了那么个奇异的所在,那时两只眼睛都不知道该看哪里才好,哪儿还记得起去看什么花啊!"

听了灵漪儿的打趣话,琼容立时拍手欢叫起来:"是了是了,就是这个原

因!"

过了一会儿,开始专心享用瓜果的小丫头,却忽然没头没脑地说了一句:"其实我知道那树开的一定是玉石花,将来结的也是玉石果,因为——"

埋头又啃了两口西瓜,琼容才又口齿不清地含糊说道:"因为琼容时常梦到,山上有很多树木结的果实,和哥哥的玉佩一样,都是好看的石头,不能吃。"

说完,她便不顾口角边流汁水,重又低下头专心啃起西瓜来。

对于琼容这番童真话,小言几人自然不会真正放在心上。

又闲谈一会儿,桌案上的瓜果便渐渐都被吃光了。虽然已是中秋,但此地属南国,院落中风息不畅,众人便觉得有些炎热。等雪宜、灵漪儿相帮着收拾完赏月物事,琼容便提议大家可以一起去屋顶乘凉。于是客栈独门院落中一阵烟云缭绕,片刻之后小言、琼容等人便已坐到了房顶屋脊上。

等他们来到房顶屋面坐下,已将近中夜。四下微风阵阵吹来,夜深月凉如水。

此刻月亮已隐到云翳之后,原本被月光映淡的星辰重又开始在深蓝夜空中闪烁。横贯东西的银河,此刻也露出澄明面目,正在头顶清晰可辨。

星空倒影之下,琼容掰着手指头想数清天上的星星时,小言一边乘凉,一边给女孩子们讲述自己知道的那些民间逸事。

当说到牛郎织女被王母分隔在银河左右,一年中只能靠鹊桥相见一次时,久未出声的灵漪儿开口补充道,据她所知,这则故事中被众人诟病的众仙之长西王母实是被凡间民众冤枉的,当了她女儿的替罪羊。其实牛郎、织女二人相隔的罪魁祸首,应该是西王母家那个蛮横霸道、喜怒无常的可恶公主。虽然具体原因不太清楚,但小时候听爷爷云中君讲故事,好像事情就应该是这样。

听灵漪儿说到这儿，那个被故事深深吸引的小丫头，却似感同身受，忽然就生起气来，噘着嘴哼哼道："那个不懂事的公主真是不乖！织女姐姐和牛郎哥哥多可怜呀！那王母大婶也是，小姑娘不乖也不知道管管，比我小言哥哥可是差多了！"

就在小丫头发自肺腑的正义之言刚刚说完之时，他们头顶夜空中满天灿烂的星斗突然间一齐闪烁，光华明灭之时，就好像老天眨了一下眼睛！

第二天，四渎公主灵漪儿刚意犹未尽地回到鄱阳湖底龙宫中，就见到母亲的贴身丫鬟一直在自己寝宫别院中等候。见她回来，那位龙宫丫鬟便一脸欢喜地迎上前来，说是龙妃有要紧话相告。

到了母亲所居的凤藻宫中，灵漪儿依礼跟娘亲问好。见她这副端庄娴雅的姿态，洞庭龙君的妻子倒是大为诧异。一向跟自己亲近的乖女儿，以前见到自己常过来撒娇，怎么两三日不见，灵漪儿小丫头就变成一个稳重的大姑娘了？

"是了，定是灵儿有了心上人了。想当初，我第一次见过她父亲之后，何尝不是和她现在一个模样？"

龙妃想起这些天侍女来报，说是公主最近迷上了女红针织，现在再见到爱女这副模样，便更加肯定了心中的想法。

抿嘴一笑，端秀姣丽的湘水女神便跟灵漪儿拉起了家常，询问她这回赴南海神宴的行程。自然，这番话十句里倒有八句是在旁敲侧击，了解女儿对南海孟章水侯的看法。只不过，一心只想着掩饰自己真实目的的龙妃，倒没能发觉自己女儿的回答只是在敷衍她。

母女俩闲聊了好一会儿，最后湘夫人觉得自己已经得到了想要的答案，便接过灵漪儿的话茬，说了一句："是啊，孟章那孩子，他是雷神的弟子，自然神通广大。这些年又听说他统率龙族猛将，在南海与鬼方作战，打得烛幽鬼众隐遁不出，智谋也一定了得。依我说，你这位孟大哥，真是龙族年轻一辈中少有的英杰，以后灵儿你不妨多亲近亲近。"

听母亲这么说，灵漪儿却有些心不在焉。

见灵漪儿一脸淡然，龙妃还以为是女儿脸皮薄，不好意思在自己母亲面前对心上人流露出太多好感。对照着自己当年仰慕洞庭君的历程，她越发肯定了自己心中的想法。

得出想要的结论，龙妃便和天下所有母亲一样，流露出幸福的笑容："唉，女儿也长大了。现在这样子，真像自己当年啊……"

幸福之余，内心也颇有些淡淡的惆怅。

见灵漪儿做出一副平淡姿态，她这做母亲的觉得不宜再深谈，万一不小心说破她心事，恼羞成怒耍起小性子，恐怕会适得其反。这般想着，一心为女儿终身大事操心的龙妃，只好暂时按捺下心思，装作若无其事的样子，随便聊起其他话来。

过了一会儿，龙妃起身到宝案玉匣中取出一幅装裱精美的卷轴，一边展开一边笑吟吟地说道："灵儿你来看，这几天你不在时，为娘寻到一幅画，你来帮娘品评一下。"

灵漪儿闻言，朝画看去，见是一幅樵子雨中登山图。画中樵人，背着斧头，佝偻着身子，在一片凄风苦雨中沿着怪石嶙峋的山坡朝上艰难攀去。这幅工笔图画描的是远景，虽高山巍峨耸立，但山底下樵夫却又眉须分明，显见并非出自凡人手笔。

不过，龙妃取出这幅画，却不是考较女儿画功，只是为了跟她说最近听到的一件有趣事。不过看着这幅画，灵漪儿却是浮想联翩："这座石头山突兀耸立的模样，真像小言家那座马蹄山呀……"

正胡乱联想时，便听到母亲饶有兴趣地说道："灵儿你可知道，最近娘亲听到一件趣事。"

"噢？什么趣事？"

"嗯，说这事前，你先告诉娘，这个樵夫从这儿爬到这儿，大概要多少时间？"

一边说着，龙妃一边拿手比画着山脚和山顶，问灵漪儿从山底爬到山顶，樵夫要花多少时间。

见母亲郑重问出这个很平常的问题，灵漪儿想了想，便老老实实地回答："可能要半天吧……不对，如果不是到山坡那片树林，还要一直爬到山顶的话，说不定花一天工夫都走不到！"

"你也这么说！"听灵漪儿这么回答，龙妃笑意盎然地说道，"我当时看了这幅画，也是这样回答。只不过，我听那些出去搜寻宝物的龙宫剑娥说，取得宝画回转途中，曾经过一处蛮荒之野，遇到当地的土人，让他们看这幅画，无意中问到这个问题。你猜他们怎么回答？"

"怎么回答？"看着母亲一脸笑容，灵漪儿知道答案肯定不寻常，便疑惑地问道，"难道那些蛮荒土人脚快，只要走一个多时辰就够了？"

"不对。他们回答说，只要一眨眼工夫就行！"

"啊？"

灵漪儿乍听之下很是惊奇，只不过稍微一想，便恍然大悟："对啊！我怎么忘了，那些边缘荒泽中的土人，说不定身怀异禀，能够腾空飞翔！"

不过，她这猜测却被母亲否定掉了。只见龙妃一脸笑意地说道："有趣就有趣在这里，那些土人也不会飞空之术。他们这么回答，只是因为见识蒙昧，尚未开化。他们以前从没见到过文字图画，这回第一次看到这幅登山图，丝毫不能联想到这画的是一座高耸的石山。他们只知道，在画上从山底到山顶，最多只不过是跨出一步的距离！这样想，自然眨一眨眼就到了！"

"呀！是这样啊！"

头一回听说这事，灵漪儿想了想也觉得甚是新奇有趣。

见女儿一脸恍然的模样，龙妃略略侧首，想了想便随口说道："其实啊，这道理很多时候都适用。就好像那些寿只几纪的凡人，便也和这些从没见过图画的土人一样，又怎能想象得到我们这些寿比沧海的神人生涯呢？

"灵儿啊，将来你若选择夫君，无论他是否神通广大，至少都要有长生之寿。否则，就好似不可与夏蝶语冬雪……反正无论如何我这做娘的，是不会让你受这苦的……咦？"

心情正好的龙妃，忍不住多说了几句，却不料说着说着，忽看到自己原本一脸欣然笑颜的女儿，突然间脸色变得煞白，身子飘飘摇摇，好像马上便要跌倒。

见这样，龙妃不禁大为心疼，暗责自己思女心切，灵漪儿刚回来就叫过来问长问短说这说那。不用说，南海风急浪高，自己的宝贝女儿舟车劳顿，刚回来也没怎么休息，当然要头晕目眩了。

一边在心中暗怪自己，龙妃赶紧上前扶住女儿，想亲自扶她到自己的珊瑚玉榻上歇下。谁知见她来扶，灵漪儿却轻轻推开，说自己没事，只是觉得有点累了，想先告退，回自己房中去休憩。

见女儿这样，龙妃无法，只好唤过蚌女驾着自己的龙车送公主回她所居的灵珠宫去。

灵漪儿坐上车辇走后不过片刻，龙妃便听手下侍从来报："禀龙妃娘娘，南海孟章水侯，派人送来上品蝉翼龙纱百匹，说是感谢四渎公主此次能玉趾亲临！"

略去四渎龙宫中这段悲悲喜喜，再说蟠龙小镇上。从南海归来，度过了中秋月夜，小言并没急着带琼容、雪宜离镇赶路。或许是因为忽然发现小院生活的温馨，这一天他们还是在蟠龙镇上度过。

上午阳光普照之时，小言和两个心地单纯的女孩子一起穿梭在小镇熙熙攘攘的赶集人群中。现在集市正到了最热闹的高峰，满耳都是小贩们热情的吆喝，身上不停有赶路行人的碰撞。嘈杂的空气里，又时不时飘来油炸小吃的焦香。行到牛马集市那边，街边小吃的香味中又会混杂冲鼻的骡马气味。

行走在这样平凡普通的街道上，小言忽然觉得，比起前日海底龙宫中那场正襟危坐的仙家宫宴，他还是更喜欢这样喧嚣热闹的街市。在四街八巷中闲游，没有人来拘束；脚踩着坚实的土地，虽少了几分水底龙宫中的飘逸，却让人觉得更加可靠真实。

往日行走于街市之中，如同鱼儿入水一般自然，但小言今天不知怎么，心中却油然生出这许多感叹。

而他身边，许是因为两天没相见，那个往日都会像小鸟般四下飞跑的小丫头，今天却紧紧攘着哥哥的手臂，好像要把这两天哥哥不在身边的时光都补回来。她的雪宜姐姐，则手臂弯里挎着一只青竹篮，跟在二人后面徐徐而行。如果小言、琼容买下什么东西，她便递过篮子，让他们放在青竹篮里。

这位出身洞天冰崖的梅雪仙灵，此时一手轻按裙裾，一手挎篮，略含羞涩地躲闪着身畔过往的行人，哪还有当初半点寒傲似冰的模样。

一天的时光就这样悠然过去了。明月当空之时，看着琼容吃完最后一碟小吃，三人才一起慢悠悠回转客栈。

小镇夜晚平静且安宁，大多数人都已回到自己家中去。从空荡荡的街道上走过，如水的月华便积满了他们的襟袖肩头。

回到客栈厢房，洗沐过后，只随便背了一会儿经书，琼容便已睡眼蒙眬，迷迷糊糊地被雪宜牵回自己屋中睡觉去。等雪宜在外面轻轻掩好房门，小

言便也脱去青衫袍服,躺倒在竹榻上沉沉睡去。

八月十六的夜晚,明月正圆。深蓝绒幕般的天空里,几乎看不见半点星光。明洁月华照射下,天穹中偶尔飘过的几缕云翳,也如轻烟般淡若无痕。纯净的月华,透过木窗斜照进屋内,将一切都涂上一层柔和的淡白光辉。无论是藤椅竹具,还是酣睡中的少年,都沉浸在月光的水底,影影绰绰,轻轻盈盈,仿佛在下一刻就会化作一缕淡淡的轻烟,飞到另外一个世界中去……

竹榻上沉睡的小言,脸上犹带着欢欣的笑容。此时,如果有暗夜的精灵恰从旁边飞过,便可以看见,侧身熟睡的少年身躯手足正摆成斗样形状,恰如天罡北斗排列的阵形。

入夜清凉的风,带着远处偶然的犬吠,还在不断地涌入屋内。半窗明月,满户清风,这一晚南国的秋夜似乎与往日并没有什么不同。只是,当天心月落、清风降地之时,仿佛有谁不小心触动了一个悠远的机关,触破那久埋的玄机,于是深邃杳然的暗夜,便忽然变成一派光明的世界。

一刹那之后,这座南国小镇的普通客栈中,便忽忽飞起七朵光明莹彻的巨大光团,遍布在某间客房四周!

这七团不知从何处飞来的耀眼光辉,并不顾所在房屋格局,各自按照某种神秘的约定,静静地悬停在半空之中。而那些椅凳藤具、房梁墙壁,又或是院中栽植的树木,全都沉浸在这七团通明烂然的明亮光团中。

应和着地上这七朵不凡的光影,天之西北的巨大苍穹上,原本被明月掩盖住锋芒的北斗七星,突然间一齐闪耀,向苍茫大地放射出耀眼的光华!

这一刻,一切都静止了,只有一个身躯悄悄浮起……

第八章
秋空剑唳，喝破梦里神机

当小言与琼容、雪宜逗留在南国分野的蟠龙小镇时，这夜八月十六，京城星相官在星书中写道："八月丁巳，七曜入月，为经天。大臣有匿谋，帝野有战。乱臣死。"

虽然星书中只是寥寥几笔，但星相官第二天呈给皇上的奏表中，则又添上一番解释："……日阳，则月阴；月阳，则星阴。阳者，君道也；阴者，臣道也。月出则星亡，臣不得专也。明月晦而暗星见者，为经天。其占曰：'为不臣，为更王。'"

星官的这段注释，简单地说就是，本来明月照天，应该看不到大多数星辰；但昨晚天空月明星稀之际，突然北斗七星一同耀亮，实是大为可疑。按星相官多年的研习，昨晚出现这样的异象，表明天下有人不臣，怀有取代当今圣上之心。

这时节，天下承平日久，久未动过刀兵，星相官这番奏表一经宣出，朝堂上顿时一片哗然。那些深信星道的臣子，纷纷出列奏请皇上，早日清查朝野中是否有心怀叵测之人。那些从来不信占星异术的耿直臣子，则梗着脖子直斥星相官所言荒唐，恳请皇上不要偏听术士官员之言。这番争执之中，平日拉帮结派走得近的朝中大臣，暗地里互相中伤，一时间朝堂上群议汹汹，当真是乱作一团！而在这些纷乱的朝臣中，又有少数人暗地里心怀鬼胎。

不说千里之外朝堂上这一番惊疑争吵，只说此刻蟠龙小镇这处不起眼的客栈小院，仍沉浸在七朵白光烂然的巨大光团中。

对应天西北七点灿然放光的北斗七星，七团光芒也在相对狭小的空间中排布成天罡斗杓的形状。

在芒焰熠然的斗阵光团中，本该熟睡在竹榻上的少年堂主张小言却悄然而起，体态无比自然地飘向院中北斗星阵中心。

飘举之时，虽然他双目紧瞑，仿若不知，但冥冥中似有一股神秘力量，在他身下相托，让他如飞鸟般飘空不坠。

当小言飞升到星阵中央，无意识地停住身形时，就好像石子击破静潭，一时间波光转折，小院中所有的一切一齐摇漾，所有的景物都变得动荡透明起来。

这时候，小言和那七朵光团一起，缥缥缈缈，仿佛都成了本体倒映在夜空的虚像，所有的障碍都不复存在，光团浸润着树木，手足伸入了枝叶，仿佛他们本来就置身于空无一物的旷野上空。

匪夷所思的异象发生时，整个客栈却依然沉睡如初，仿佛一切都只是梦幻，不能惊动任何人。只不过与安静的客栈相比，客栈上空广袤无垠的夜空中，却发生着巨大的变化。小言隔壁那两位灵觉敏锐的住客，猛然间从梦中惊醒，一起下地穿上裙衫，推开房门倚门而观。

"哥哥他……"

此刻展现在琼容、雪宜眼前的场面，极为壮观：满院星光灿烂，如空明积水，张小言在其中眢眢冥冥，如水底游鱼般游转自如。浩大星空下，满天都是绚烂纷华的七彩光气。串连天地的光彩，正如匹练般从四面八方汇聚到

斗杓星阵中。刚一进星阵,这些杂乱无章、五彩毕具的天地灵气,便褪掉五颜六色的光彩,凝练成一股至清至纯的虚空之力,按照北斗七星的方位,连绵不绝地顺次冲向处在中央的小言身躯中。在这些力量的冲击下,此刻小言如同游鱼飞鸟,在这片虚空中翔转折返。

天空中彩气转淡、院落中七曜光芒转暗之时,又听得呼的一声,有一把剑破空飞来。窈窈星光中,这把近来晦暗灵光的封神古剑,此刻仿佛重又通了人性,在虚空中凝注小言片刻。

"看"到小言承受如此强大无俦的天地之力,炼化后仍然神态自若,这把封神古剑不禁剑尖微点,就仿佛在点头称赞。于是须臾之后,在附近两声惊叫声中,这把通灵古剑蓦然闪耀起璀璨的光华,就如同刚才那些天地灵力一样,雪练般朝小言冲去。

"妖怪?"等琼容、雪宜一声惊叫,以最迅捷的速度驭起兵器要去阻挡那剑时,却见弑主怪剑已是穿心而过,嗖一声不知飞到哪儿去了。

"哥哥!""堂主!"等这两声带着哭腔的喊声响起时,明亮如昼的院落中忽然一片黑暗,然后就见平和恬淡的洁白月华,重又充盈于小院之中。

"哥哥你……"

等看清院中情况,原本涕泪横流的琼容立时破涕为笑,飞一般跑上去,扑进微笑站立的小言怀里,使劲查看他胸口是不是真的破了个大洞。她身后那两把朱雀神刃,突然失去了主人的控制,一个不察,便吧嗒两声一齐掉在了地上。

"难道刚才只是在做梦?"

看着现在眼前一切如常的景象,不仅琼容疑惑,就连雪宜也有些不敢相信。

见两个女孩一脸迷惑,小言微微一笑,将右手举在琼容鼻尖前,说道:

"不是在做梦。我来变个戏法。你们看——"

话音未落，雪宜便看到琼容鼻头前忽然闪起七朵晶莹的光芒，在自家堂主指间纷萦缭绕。光点游动之时，辉芒拖曳流滞，在空中舞成好看的图案。

见到近在咫尺的好玩情景，能召出火羽朱雀的小丫头，小脸顿时笑成了一朵花，拍手欢叫："原来哥哥也能唤出萤火虫儿！"

"哈哈！"听得琼容这话，小言忍不住哈哈大笑，手一挥，这七点星光应手飞出，穿过墙壁，倏然没入房中那把安然躺卧的古剑中。

经过刚才这一番异变，此刻小言心中，只觉得自己神思分外灵透，仿佛经过刚才那一番星光斗阵的洗礼，整个人都被洗筋伐髓，变得格外清新。最后那一声穿体而过的轰然巨响，更是仿佛撞开了自己封印已久的心窍，许多往日读经时未能理解的疑惑，此时都了然于胸。

乍有所得，小言心情极为愉快。回屋披上衣服，便回到院中，按照自己的感觉，把刚才发生的事情跟琼容、雪宜说了一遍。

说完，他精神十足地回答起她们的疑惑来："雪宜，那些天上的星辰，当然也有自己的灵性。

"你说得对，那些天上的星辰日月，确有可能和我们脚下站立的大地一样，各有自己的五行属性，或为冰火，或是木石。但即便这样，也不一定就是死物。万物有灵，他们都可能拥有自己的灵性，就和你我一样。

"哈，琼容妹妹，知道这个不是因为哥哥聪明，而是这世上，有很多事物都超乎我们平常的想象。就像琼容你能够哭哭笑笑，那些天上的星辰未必就没有自己的喜怒哀乐。刚才哥哥就清楚地感觉到，仿佛我依托的那些光团，都是从天上北斗七星降下来的。他们就像我的姊妹兄弟，围绕在我身旁，帮助我聚集、炼化天地之间的灵气。

"为什么不多练一会儿？呵！这是因为，我们炼化吸取的这些被称为

'天地灵气''日月菁华'之物,其实都是推动乾坤自然运转的力量。我刚才炼化的,则是运转蟠龙镇这一方的自然之力。若是我不适可而止,那便会给本地带来莫大的灾难。"

对答到这儿,已到了中夜时分。秋夜庭院中,不知何时升起几缕夜雾,朦朦胧胧,与月光交织成一条淡薄的银纱,若有若无地萦绕在他们身旁。

墙角草丛中,还有几只南国的秋虫,在嘶嘶地吟唱。夜凉如水之时,两个专心听讲的女孩子已不再说话。她们的少年堂主,话语变得有些幽幽然然,仿佛正从云端传来:"琼容、雪宜,这世间事,既有可知,便有不可知。我们这些天地间能够思想的生灵,固然可以格物致知,通过各样方式了解到世间几乎全部的义理事物。但是,在这所有的'可知'之外,必定还有很多事物,我们永远都不可能了解、不可能想象到。破除倨傲,敬畏自然,这才是我们道门最根本的真谛……"

说到这里,很少像这样一本正经的小言,止住不言,抬首眺望无尽的夜空,仿佛又陷入了缥缈的沉思。

又等了一会儿,见自己的小言哥哥真的不再说话,琼容便偷偷活动活动手脚,然后嘻嘻一笑,自言自语地嘟囔道:"哥哥说得对! 当然有很多怪事儿,很多人不知道。嘻! 就像小言哥哥,要不是碰到像我这样又乖又可爱的女孩子,又怎么知道世上还有长翅膀并且会飞的小狐狸?"

三人在蟠龙小镇院落中追究天人义理,几乎在同一时刻,在远隔千里之外的云梦大泽深处,也同样发生着一件奇事。

云梦大泽,方圆千里,云水蒸腾,是四渎龙君辖内最大的水泽。在这个大泽的深处,有一处广阔的滩涂,生长着无数人间闻所未闻的珍奇草木。而这一处滩涂,便是四渎龙族蓄养珍禽异兽的牧场——流云牧。

四渎流云牧场,无昼无夜,头顶永远是星月交辉的淡青天空。此刻在这流云牧水草最肥美的滩泽上，正徜徉着千百匹毛光赛雪的龙鳞神马，各自安详地咀嚼着滩泽上朝生夕长的奇花异草。

就在这一切如常的时候，不知是不是受了水泽外七星欺月异象的影响，离这些神驹不远的蓬勃水草中，有数十块半浸水中的石头，忽然泛起幽幽的红光。

第九章
空山挂雨，觅神女其何踪

"流云牧大半龙马被盗？"

听到这个晦气消息，饶是主事的洞庭龙君气度好，脸色也顿时变得很难看！要知道，自己的父亲四渎龙君近来对这批战骑很是看重，嘱咐自己好好看顾的话言犹在耳，没想到这么快就出了这样的事。

得到禀报时，灵漪儿的严父、湘妃的夫君，刚从流云牧回到四渎水府，准备享受天伦之乐。结果还没等歇口气，就听到了这个倒霉的消息。

方才他听留守龙将遣人来报，说是几乎就在他前脚走后，流云牧龙马休憩之地便出了事。那片水草丰茂的滩涂，竟突然燃起凶猛大火，前后绵延数里，就好像一道墙篱，将那些龙马统统围住。据禀报之人描述，当时他亲见那火势极为凶猛，冲天火柱最顶上的焰锋，几乎要烧到天上的云光了。

这些火焰刚刚吞吐之时，他们这些牧场龙兵并不惊慌。毕竟兴风作浪本来就是他们的拿手好戏，要浇灭这些火还不是小事一桩？于是众龙兵合力，流云牧滩泽上很快便兴起滔天大浪，朝那些火焰铺天盖地而去。

只是出乎龙兵龙将意料，在他们这似乎能吞没一切的洪水面前，那层横亘数里的火圈竟格外顽强。看似平常的火焰上，似乎被施加了某种神秘的法咒。当汹涌而来的水浪就快涌上火墙时,那些腾腾燃动的烈焰竟应势发出青紫的光芒,水浪瞬间被化为水汽,转眼就随水火间鼓荡的罡风消散殆尽。

因为有了这层神秘紫焰的存在,四渎龙兵推涌而来的洪波竟停滞了半炷香工夫,才终于将突如其来的火浪完全浇熄。只是,灭火之后他们却来不及高兴,因为他们发现,随着迷眼的青烟一同消散的,还有他们放牧的龙马神骥。

"这些可恶的妖魔!"

听到手下龙兵的种种描述,再联想到前段时间流云牧附近偶现的魔踪,洞庭君立时知道谁是罪魁祸首了。况且那些剩余的龙马,也半是通灵,龙将们自然很轻松就知道了那些消失的龙马并不是被烧死,而是被人掳走了。

"奇怪,这些隐匿蛮荒之地的妖魔,向来与我中土大地相安无事,怎的如此着急扩充战力,竟敢与我龙族为敌?"

这些魔怪行事真是胆大包天,竟敢来冒犯龙威。

想到这里,洞庭龙君心中忽然一动,记起女儿好像曾跟自己说过,说她跟一个法力高强的紫眸魔女交恶,几次斗法,都不分胜负。据灵漪儿那丫头说,当初是那可恶的魔女先来害她,不过按龙君对自家女儿的了解,到底是谁先惹谁,倒还真说不准。

"嗯……过会儿见到灵漪儿,我得好好问问她。"

一想起龙马丢失之事,面相端正的洞庭龙君便双眉紧锁,满腹心事。

见他愁眉不展的样子,善解人意的龙妃便沏好一杯香茗,亲自双手捧给他。

见夫君接过茶盏时仍是心事重重,一心想为夫君分忧的龙妃便在心中忖念:"唉,如果这时有个像南海水侯那样英武神勇的女婿,夫君他又何须愁成这样……"

　　且不说鄱阳湖底四渎龙宫中这片愁云，在相距不远的饶州郊外山野中，这天下午，有几个村妇正在其中一家门口，一边做着手中的针线，一边在豆棚瓜架下闲聊。

　　刚过中秋的午后，绕山吹来的风仍带着燥热的炎气。近来天气干旱，马蹄山附近已经有一两个月没下雨了。几个串门老姐妹的头顶瓜架上面那些盘绕的瓜果藤蔓全都失了水分，病恹恹无精打采地趴在棚架上。

　　在这样的干旱天气中，几个村妇的闲聊主题便是猜测眼前的干旱，是不是因为附近鄱阳湖底的水龙王发怒所致。当然，猜测之余，关于传说中的水龙王到底存不存在，又费了她们一番额外的争执。

　　不过此刻，她们的闲聊已转到了另外一个话题上："我说张家大娘，你家伢子进了上清宫，算是跃了龙门。可娃儿这是出家，那你们张家的香火……"

　　"没事，李婶你不用担心。"

　　说话之人正是小言的娘。听到半山村的李大婶质疑张家香火的传继，小言娘立即放下手中的活计，一脸认真地说道："我家小言虽然当了道士，但他是在俗家弟子堂，而且他们上清宫是准婚嫁的。前年小言他爹都问清楚了的，否则我家死活也不会让伢子上山去！"

　　听她这般说，旁边一个妇女点头附和说："就是。再说了，小言那娃儿还当了大官。谁听说这世上有哪个大官，娶不到媳妇的？"

　　最后这句话，比方才小言娘所说的更有说服力，四下顿时一片附和声。

　　有一搭没一搭说了一阵，先前那个李婶又说道："我说张大娘，最近小言那娃儿有没有捎信说看中哪家姑娘？"

　　此话一出，顿时便勾起小言娘最大的心事来。

是啊,至今小言那娃儿还没捎信说有哪个合适的对象。虽说两三个月前小盈那丫头曾经来拜访过一次,可她家显然非富即贵,看那行动气派,绝不是她张家这穷山窝中的人家能够高攀得上的。

"唉,虽然小言现在还小,这事儿也得早做主张啊……"

一想起这事,小言娘便愁肠满腹,以至于后面那些张家长李家短的闲话,竟一毫都没听进耳中去。

就在她发愁之时,众人忽然觉得日光一下子暗淡下来,抬头看看天上,发现久晴的天空中竟突然阴云密布,身边也刮起了阵阵凉风。

"要下雨了!"

就在这些村妇手忙脚乱地把竹凳搬进屋里去后,大雨便"哗"一声倾盆而下。

"老天终于开眼了!"

就在这些村妇挤在屋内感佩老天时,忽看见门外风雨中土场山路边忽来了一名少女。少女华裙珠襦,眉目楚楚,正朝这边款款行来。

令她们感到惊奇的是,在漫天雨线之中,女孩双手捧着一只礼盒,并没撑什么伞具,却在大雨中坦然而行。款步之时,洁白的腰绫绕身而飞,浑身竟似乎沾不到半点雨丝。

看她在漫天风雨中悠然而行,这几个村妇竟产生了一种错觉,仿佛这场突如其来的风雨,只不过是这个神仙一样的姑娘来时的车驾步辇。

正在错愕之时,丽装少女已来到茅屋檐前。

隔着檐头滴下的水幕,少女柔声问道:"请问马蹄山的张家伯母是在这儿吗?"

"你是……"见她找自己,小言娘不禁一阵茫然。

听她答言,只见少女展颜嫣然一笑,在雨中宛如水莲花开,欢然笑道:

"张家阿娘,我是灵漪儿呀,是小言的好朋友。"

"噢,原来是你!"听了灵漪儿的话,小言娘这才恍然大悟,"灵漪儿姑娘,你是我家娃儿的法术师父吧?"

小言离乡之前,她曾隐隐约约听说过这个女孩的事情,只不过从来没亲眼见过。

见眼前小言娘亲想起自己是谁了,娇俏的灵漪儿一脸高兴,又有些不好意思地说道:"就是我啊,不过也不是什么师父啦,那是说着玩的!"

款款走到屋中,灵漪儿放下手中包装精美的礼盒,说这是小言托她捎来的中秋礼物。

等小言娘收下,又从灵漪儿袖间滑出一只销金罗囊袋,说是小言寄来的一些金银,供家中二老花销。

托言赠礼之时,灵漪儿笑靥如花,言语中又自然而然地带着一股威势,竟让附近这些村妇不敢直目相视。只有小言娘沉浸在巨大的喜悦中,便捎带着跟这位仙女打听了几句小言的近况。

听她问起,灵漪儿便拣了小言最近的一些事略略说了几句。只不过善解人意的女孩虽然已经言辞温和,但显然还是没能理解那些神神鬼鬼的惊险事,对一个普通民妇的冲击有多大。

等说了几句,见小言娘脸上神色乍惊乍喜,灵漪儿顿时会意,便只拣了小言平常的饮食起居略略说了几句,小言娘果然便只一脸笑意安然了。

又略略说了几句,灵漪儿便温语告辞。

等她转身走进漫天雨幕,行到山路边没入昏暗如晦的风雨时,村屋中的几个妇人仍是怔怔呆呆,好像还没反应过来刚才那一幕。

过了一些时候,她们才晓得望望那女孩消失之处。却见山下远处低低的云空中,仍是雨云滚动,阴暗如墨。

又过了一会儿，屋外的大雨便渐渐停了。

告别了自己的老姐妹，小言娘带着礼盒钱囊回到马蹄山上家中去。等晚上丈夫回来，他们一同打开盒子，才发现盒内明黄绸绫中，按七星伴月的样式摆着八只精美的淡黄糕点。还未品尝，便已先闻到一股扑鼻而来的奇异清香。

看着包装华美的点心礼盒，老张头夫妇几乎异口同声地说出："这娃儿，怎么买这么贵的礼物！这样好吃的点心，留着自己吃不就行了。"

不过虽然口中这么说着，见儿子这样孝顺，老两口脸上都笑开了花。

且不提老张头夫妇真心欢喜，再说灵漪儿，借着那四海堂堂主的名义给老人家送过礼物，便满心愉快地驾着风雨回到了四渎龙邸。等回到灵珠宫中，才记起爹爹先前说要找自己问些话，灵漪儿便换了一身便装裙裳，向父亲所居宫阙中飘摇而去。

绕过曲廊，刚走到洞庭龙君书轩外，灵漪儿便听到父亲高兴的声音透窗传来："好，很好！这么快就打听到了，这次记你一大功！

"嗯……想不到那些狡诈的魔怪，竟想将龙马隐匿到海外灵洲中去！不过虽然他们这么做出人意料，可广大海域毕竟是我龙族天下。既然到了海中，就别想我们不知道。

"哈，若不经这一事，还不知声名显赫的犁灵洲长老，竟然是魔疆第四天魔！好，既然是他，那浮游将军我们还是得好好商议一下。若是这回能从凶犁长老手中夺回龙马，我四渎龙族定能四海扬名！"

听到这里，不知怎的，灵漪儿心中竟是一动，然后若有所思，一时倒忘了走进门去。

第十章
秋飙萧瑟，鼓动万里征波

中秋之后，虽然南国的天气整体仍有些炎热，但乡野中吹来的风已经渐渐变得清凉。

经过一处掩映在银杏树荫中的村落，小言看到那些半黄半青的树木中，偶尔有一株的叶子已经全部变成黄色，在碧蓝天空下甚是鲜艳。看到满树的浅黄，小言更真切地感觉到，现已近深秋。

经过那株秋树时，一阵卷地风偶尔刮过，满树的黄叶纷纷而落，与地上被吹起的落叶混在一起，就好像千百只翩翩飞舞的黄蝴蝶。

从树荫中漫步而过，头上肩头便落了好几片黄叶。小言掸去身上落叶，顺手也想帮琼容拂去头发上那两片黄叶，却见小丫头捂住头发，身子微微避过。琼容说，这叶子就像上回在集镇上看到的扇形绢饰，戴着一定很好看，坚决不肯摘下。于是接下来一段路途中，琼容便端着身子，蹑着步子，小心翼翼地向前走，直到她某一刻自己忘了，转去追逐一只路过的大黄狗。

在八九月的乡野中悠然而行，也不知走过了几处村庄、几处河流，不知不觉已经十几天过去了。一路前行，琼容还是那样天真无邪，雪宜还是那样软款温柔，有两个动静相宜的女孩和自己在一起，小言便觉得自己这次的下山历练,并不像罗浮山上同门弟子说的那样寂寞无聊。

只是,这样的日子固然惬意悠闲,自己此行的主要任务,到目前为止却还是没有丝毫进展。

按照近来的想法,这些天来,他也探察过几处气候异常的州县,但还是一无所获。虽然下山前灵虚掌门曾说过,这次让他下山,主要还是游历天下山水,历览地理民情,以期能从中晓悟天机要道。但眼看着下山大半年,寻访水之精的任务还没有丝毫头绪,小言不免有些着急。

九月出头,这一天小言和两个女孩走到一处大山场。天色渐晚,前后看看,都是荒无人烟的山野。虽然前后不着,但好在一路上这样的情况他们也遇得多了。在附近转了转,瞧见一座山半山腰处有一座齐整的山神庙,小言和琼容、雪宜爬上半山腰,到山神庙中歇下。

等相帮着铺好草铺,小言便和琼容、雪宜一边嚼着干粮,一边观看落日余晖中山前的风物。正在观景之时,忽见天边暗淡的晚云中,渐渐飞起一道亮色的霞光,似乎正在朝这边延伸。当小言指着天边提醒琼容看时,却见那道云光须臾转近,只觉眼前一花,转眼间就有一人站在自己面前。

"小言,你们在吃晚饭啊!"看着小言手中的半块米饼和小琼容嘴角粘着的芝麻,乘云光而来的灵漪儿热情地打着招呼。

"呃,灵漪儿你怎么来了?"

这些天小言专注于师门任务,便没再使用那朵玉莲,谁知灵漪儿这回竟亲自寻来了。

见她到来,小言便问:"有什么大事吗?"

"等你们吃完再说!"

见他们还在吃东西,灵漪儿暂时按下话头,略一施法,便幻出三只玉碗,其中注满甘甜清水,依次递给三人。饮食完毕,融洽无比的四人就在山神庙前说起话来。

原来，灵漪儿这次寻来，是问小言能不能帮她一起去找回四渎流云牧被盗走的龙马。

略略说过失马的经过，灵漪儿告诉小言："我听爹爹说，偷去的龙马被藏在东南海域中的犁灵洲里。我想着，只要能瞒过凶犁长老，潜入藏匿龙马的海洲中去，我用龙族秘法，很容易便能从海路驱回那些龙马。"

灵漪儿这番请求的话说得非常委婉，她这次真的也只是来问问小言的意见，如果小言觉得不可行，那这个念头便作罢。

不过，虽然她话说得婉转，小言听了却立即慷慨应答："好！灵漪儿，只要你不怕，我便陪你去。一来，因为是你开口；二来，你爷爷云中君对我有知遇之恩，我早就希望能有机会报答他了！"

虽然小言回答的重点落在第二个理由，但听在灵漪儿耳里，仍觉得无比受用，粉洁的俏靥立时笑成了一朵花儿。

小言这番话，确实出自真心。自从上了罗浮山开阔过视野之后，他越来越发现，如果不是当初龙君赠笛赠谱，自己绝不可能像今天这样窥测天机大道，也不可能逃过那几次凶险无比的磨难。回头想想，自己当时只不过是个市井中的浑小子，因而云中君的热心帮助，便显得更为难得。所谓"滴水之恩当涌泉相报"，所以一直没有机会的少年，一听灵漪儿之言便立即答应。

千里寻来的龙女灵漪儿固然尊重小言的想法，但内心里她还是希望小言能答应的。现在听小言一口应允，自然十分高兴。接下来，喜笑颜开的灵漪儿，便和小言讨论起寻回龙马的具体事宜来。

等说到细节，小言才有些无奈地发现，兴冲冲而来的灵漪儿，只是想过大体事宜，那些细节全都没考虑过！能从四渎守卫森严的牧场中顺利偷走大群龙马，做这种事的可会是一般人？况且若像灵漪儿想象的那般简单，她爹爹洞庭龙君为何到今天都按兵不动?

和涉世未深的娇贵龙女不同,从小在市井中摔爬跌打长大的少年,自然不会把事情想得如此简单。把自己的这些疑虑略略一说,兴奋的龙族公主立时傻了眼。小言只好从头细问起灵漪儿听到的所有消息。

不知不觉中,天色已经完全黑下来,山神庙前刮起呼呼的山风。

回到山神庙中,看到山神老爷面前的香烛,已经只剩下一堆烛泪,小言便让琼容请出那两只火鸟照明。

在朱雀刃灵照出的火影中,一时插不上话的琼容静静听了一会儿,便悄悄问旁边同样默默倾听的雪宜:"雪宜姐姐,这次琼容也想去,你呢?"

"我也去!"脱口说出自己的想法,一向含蓄的雪宜又补充了一句,"如果你去了,我也去吧,这样就可以照顾你和堂主……"

"太好了! 如果雪宜姐姐一个人留在这儿,琼容也很不放心!"

就在琼容担心雪宜时,小言也差不多商议完毕:"灵漪儿,这凶犁长老在藏匿龙族战马时,还敢照常召开灵洲大会,也不全是嚣张所致。依我看,他此举一来是为掩人耳目,显得一切如常;二来凶犁长老也知道,四渎龙族即使会用其他方法从水路攻打,也绝不会派零散人手混在三山五泽与他们同气相投的魔仙之中。"

火雀光影中,小言将心中想法娓娓道来:"不过,凶犁长老此举还是有些托大,我们不妨将计就计,就混在赴会之人中堂堂正正地登上犁灵洲,从从容容地探察藏匿龙马的洲岛,寻找下手良机。如果我没猜错,魔洲中真正隐匿龙马之地,定然地形古怪,守卫森严。如果贸然前往,十有八九会无功而返!"

"好,都听你的!"

对于小言之言,灵漪儿完全赞同。灼灼红光影中,她眼中的小言款款而谈,虽然神色平和,但面颊上仿佛闪耀着一分奇异的光彩。

小言则皱着眉头,继续紧张地思索。

细细考虑一番后,他便提出一些具体细节,跟灵漪儿她们商量。

比如,为了让自己能扮得和其他去犁灵洲赴会的魔怪相似,小言唤出了久未召唤的宵芒鬼王,向这个阴气森森的仆从认真请教,问他如何才能让自己变得和邪魔一样。

忽听主人问起这样有意思的问题,直把鬼王乐得合不拢嘴,忙不迭地将自己多年积累的宝贵经验倾囊相授。最后,宵芒还将自己那把魔气冲天的斩魂巨斧拿出,好助主人一臂之力。兢兢业业地教导完,这位修炼已到紧要关头的鬼王便告了声罪,幻回冥戒形状潜心修炼去了。

不过,虽然小言在鬼王帮助下能幻出阴森黑气,但琼容、灵漪儿一致指出,说他这副长相实在让人联想不到邪魔上去。于是,几个女孩子叽叽喳喳讨论一阵。灵漪儿记起四渎龙族之中好像有一件甲胄,名为"黑魔铠",存放在扬州东城的送子娘娘庙中。

据爷爷说,这副得自魔族的铠甲,好像是很久很久以前某次大战的战果。因为魔气过重,便将它封存在扬州大庙的神像中,日日接受千万人的膜拜香火,这样才能同龙族封魔法咒一起压制住铠甲中的魔灵——

现在这几个莽撞的少男少女只想事成,哪管其他!于是千里之外扬州城那处香火鼎盛的送子娘娘庙,一夕忽然出事。

据庙祝说,在那个雷雨夜中,正堂娘娘殿发出了好些怪响。只不过当时闪电霹雳不停歇,他和庙里香公都不敢前去查看。等风雷渐住,他才敢叫来庙中人手,点起油炬蜡烛一起去正堂查看。等到了正堂中,他们才发现殿内一片狼藉,原本高高在上的送子娘娘像,已经被摔得稀巴烂,弄得遍地都是碎泥。

不用说，这自然是灵漪儿略施小法，将融在古雕像中的魔甲取出来给小言用。略去扬州庙祝如何编说法集钱给神像重塑金身，再说小言几人，既然万事俱备，便乘着灵漪儿的龙驷车驾，一路云光直往东南而去。

只不过在去魔洲之前，灵漪儿却还有一件事要做，那便是折去东海拜访那只预事如神的灵龟。原来在茫茫东海深处，有一处岛屿名叫"虞波"。虞波岛构造甚是奇特，本身便是一只巨龟。这只巨龟背上积满泥土，海树繁茂，若它浮起，便是一处岛屿。

这只独立成岛的灵龟，与东海龙族相熟，善于预示将来之事。灵漪儿所在的四渎龙族，其实溯其源流，也是东海龙族一支。四渎龙王云中君，原本便是东海龙主之裔。所以以前灵漪儿有什么疑难之事不能决断，比如该用何种灵珠润颜，几时适宜于去海外炎泉洗澡，都会郑重征求虞波灵龟的建议。今日要做这样的大事，灵漪儿更要去预事灵龟那处问卜了。

按着灵漪儿的建议，龙驷来到东海深处这个常人难以寻到的地方，停在龟岛前一处礁岩上。等灵漪儿唤了几声，小言便惊奇地看到，眼前岛岸上那处黑黝黝的深洞，忽然一阵震动，然后伸出一只巨大的乌龟脑袋来。

"虞波爷爷，这次我们要去魔洲抢回龙马，能成功吗？"

见灵龟应声而出，灵漪儿便在海风中甜甜地跟它询问。

听这后辈女孩今天问的问题很正经，神龟倒有些诧异。在小言、琼容紧张的注视中，虞波闭了会儿眼睛，然后睁开铁灰的眼皮，朝小言、灵漪儿的方向摇了摇头，然后又点了点头。

"哈！这么说这回是先有波折，但最后还是能成功？"

不用灵漪儿解说，小言也知道灵龟动作的寓意。

"正是。"

原本还没有太大把握的灵漪儿，听到灵龟的预言很开心。灵漪儿回答

小言的时候,老龟摇头点头间带来的巨大海浪,已撞到他们站立的礁岩下。在浪石相撞激起的满天水沫中,灵漪儿又冲着灵龟喊道:"虞波爷爷,这是我朋友张小言!您能回答他一个问题吗?"

说完,她便推了推小言,让他向眼神和善的神龟问个问题。见她盛意拳拳,小言想了想,便大笑着朝前喊道:"虞波前辈,我想问问您,我能和灵漪儿姑娘永远做朋友,一起游戏天上人间吗?"

听小言问出这个问题,灵漪儿跺了跺脚,无比紧张地观看神龟的反应。不知不觉中,她的手已经紧紧攥住自己的衣角。

幸好,只等了一会儿,虞波老龟又像刚才一样,先摇了摇头,又点了点头——

见如此,灵漪儿大大松了口气!因为她知道,自己这个神龟爷爷大多数时候还是蛮准的。

欣喜之余,她便让雪宜、琼容也问出心中的疑难。虽然灵漪儿极力相邀,但最后只有琼容问出了问题,雪宜则踌躇了一下后,怯怯地推辞了,似乎害怕自己会问出什么不好的结果。

只不过,勇于问自己运程的小姑娘却不怎么幸运。她仿照着小言那样问道:"虞波爷爷,我能和小言哥哥永远生活在一起吗?"

满怀憧憬地问出,却不料神龟爷爷巨大的脑袋,竟然左右使劲摇动了两下!她刚开始还以为神龟爷爷还会像前两次那样先摇头再点头,但等了半天,对方却没有任何其他反应。

琼容眼中便立即蓄起了汪汪的泪水:"呜!"

没想到占卜结果如此尴尬,灵漪儿赶紧安慰就要号啕的小姑娘,说神龟爷爷有时候也很是不准。

听了她的安慰,琼容却哽咽着说:"他,他的头还摇了两下!"

于是等大家一起登上龙车,重新往东南而去时,小言还在不停地安慰伤心的小姑娘,极言占卜迷信之事不可信。只不过虽然嘴上不停地安慰,他这位堂主哥哥心中也同样疑惑难过。

正当小言口头、心里同时力证这些鬼神之事不可信时,却忽然发现扑到自己怀中一直抽泣的小丫头突然破涕而笑,如雨中梨花般带泪欢笑道:"哥哥不要担心了,那龟爷爷又说我们能一直在一起了!"

说这欣喜话时,琼容的话音里还带着一丝哭腔尾音。

"呃……"

看到伤心欲绝的小女孩突然转变,小言不禁有些莫名其妙。

他并不知道,怀里来历古怪的小女孩,刚才哭泣之余忙着幻出身形,急急冲回那只还在目送他们云路远去的灵龟前。

这一回,小女孩召唤出那两只灵力强大的朱雀神鸟,让它们只管在灵龟头上徘徊飞舞。

在这样的阵势下,琼容又连续逼问了好几次,请灵龟重新占卜了好几回。最后见多识广法力强大的万年老龟仙,才终于好像悟出点什么,只得朝眼前一脸怒容的小丫头点了点头。于是获得正确答案的小姑娘,满意地收身而回!

经过这番曲折,承载四人的龙骥神车便斩开一路风波,直往犁灵魔洲而去。

进入东南海疆,小言便穿戴上了那身魔气森森的黑色铠甲,用盔胄罩住面颊,只露双眼在外。玄黑的头盔向两边伸展出长长的黑色刃角,末尾带旋,就如同猛兽的獠牙一样。

全身罩在錾刻着细密图纹、多处向外伸出锐利尖刺的黑魔铠甲,再配合上浑身咕嘟嘟往外直冒的黑气,现在小言这个道门堂主看上去已经完全化身为一位恐怖狰狞的黑夜魔王。

穿上魔铠,几乎与甲胄融为一体的小言心中忽然升起一种奇异的感觉。这种感觉极其复杂难明,但至少有一点他很明白:自己的头脑,现在已变得前所未有地清晰敏锐!

就在龙驷快进入灵漪儿所述的魔疆海域时,他这个迎风而行的暗夜王者,忽然想到一事,禁不住冷汗涔涔而下!

第十一章
漫雾迷空, 借云龙以乘风

小言穿上从扬州神庙中暂"借"来的黑魔铠时,便放松了心思,放眼朝眼前的万里云涛看去。这回已是他第二次横空碧寥,但看到朵朵饱含冰晶的白云从身旁飘过,心中激动的心情仍不亚于初时。

腾驾于碧海蓝天之上,原本好动的琼容预先得了小言的嘱咐,这时也安静下来,不敢乱扭乱动。现在她正转着身子,趴在龙车扶手上,探出脑袋专心朝下看去。

就在一切如常之时,小言不知看到了什么,心中忽然一惊。只不过才转过几个念头,他便赶紧让灵漪儿停下龙车。

见小言如此紧张,灵漪儿不知所以,喝住龙鳞雪骥之后迷惑地问他:"出什么事了?"

"灵漪儿,我糊涂了。这次我们是要混入魔洲夺回龙马,怎么还能乘这龙马车驾?"

这道理实在太浅显,只听他稍一提醒,灵漪儿便顿时恍然。咬着嘴唇垂首想了想,她更加着急:"小言,这样的话我们不仅不能乘龙车去,还得给你另找个坐骑!"

"嗯？为什么？"

"因为我听爹爹说过，我们现在去的这个魔洲大会，那些赴会魔怪大多乘禽跨兽，炫耀各自的魔技。若是我们四人空身前去，定然十分引人注意。更何况——"

说到这儿灵漪儿顿了顿，略略迟疑地说道："更何况如果没有飞天神骑，眼前大海茫茫，你们又怎么能飞得过去！"

"这样啊……"听了灵漪儿的话，小言顿时也犯了愁。

正当气氛有些尴尬之时，牢牢抓住扶手一动不敢动的琼容，见哥哥遇到难题，立即扭过身子自告奋勇："那就让琼容来做哥哥的坐骑！"

兴奋说完，她见大哥哥大姐姐们一脸古怪神色，这才记起自己当初学飞摔得鼻青脸肿的模样，脸上红了红，琼容只好补充道："堂主哥哥，其实后来我又偷偷练了很久呢！"

到这时候琼容忽有些后悔，自己那些暗中进行的有效练习，真不应该瞒着哥哥不让他知道。

见她一副热心肠，小言却有些哭笑不得。看了看小丫头那副稚嫩模样，他摇摇头笑着说道："琼容妹妹，谢谢你的好意。只不过你现在身量还小，等以后长大再说吧。"

见琼容跃跃欲试，小言只好又拿出那句轻易不说的话来搪塞她。这时灵漪儿也在一旁帮腔："是啊！琼容妹子你现在还小，年纪还没姐姐大，等再过几年……"

"那哥哥说话可要算数哦！"见众口一词，琼容只好退而求其次，像往常那样请哥哥做出郑重保证。

小言极其熟练地赌咒发誓之时，在一旁的灵漪儿瞧着小姑娘满脸遗憾的模样，便觉得她越看越可爱。

只是，正当灵漪儿在一旁捂着嘴偷乐之时，却忽然觉得浑身似有些不自在。凭着灵觉转眼一瞧，便看到甲胄俨然的小言正盯着自己。见这情形，灵漪儿奇怪地问道："小言你干吗死盯着我看？难道我脸上有花儿？"

正说时，冰雪聪明的灵漪儿突然心中一动："不对！这个人从来都没这么看过我……啊！原来是这么回事！哼哼，可恶，双目灼灼似贼，竟想让我这堂堂龙族公主当他的坐骑！"

猛然想通缘由，灵漪儿立即恢复了娇蛮的本性，霍然起身，两手叉住纤腰，冲小言大怒道："可不许你打我的歪主意！哼！不行！其他事都可以，就是这事说什么都不行！"

大约半晌之后，便见东南大海上空的苍茫云海中，忽然现出一条龙形云路。在这云路之中，竟有一条乌云绕体的游龙蜿蜒翱翔，正推开面前层层的云雾，朝东南方向破空飞去。

这个不知从何处降临的尊贵生灵，浑身隐藏在一团乌黑阴沉的云雾中，让人看不清它本来的面目。

虽然不知道这状似恶龙的灵物从何而来，但在寂寥的天路之上，猎猎天风里偶尔还能听到有人说话。听声音，似乎是一个少年正在絮絮叨叨地抱怨："我说灵漪儿呀，你能不能飞得再慢点？太快了我会头晕！"

"哼！"

对于这样的合理请求，回答却只是一阵剧烈的震动，然后身下游龙黑玉般的龙尾猛然一甩，在云团中扫起漫天冰雪之后，便更加迅捷地朝前飞腾而去！

在这样赌气的疾翔之中，坐在龙背上的三人不久便看到了传说中的海外魔洲。

透过眼前一层层不停飞过的冰寒迷雾，驭龙少年看到前方风涛万里的海波之中,猛然升起一团巨大无俦的赤色云雾,犹如一只巨硕的蛋壳在澎湃的海涛中沉沉浮浮。

赤云之中,红光迷漫,在广袤无垠的碧蓝海水中映出一个红彤彤的世界。随着身下神龙疾驰,红彤彤的光辉越来越大,渐渐便似要充满自己整个视野。

见到这样神幻的奇景,小言心中不自觉地便响起灵漪儿转告的犁灵洲概述:"仙洲犁灵,连峰杂起,复嶂环围,其中遍生不昼之木,昼夜火燃,其势恒定,飓风吹之不烈,暴雨浇之不灭……"

对照着这样独特的描述,看到远处那团动荡不停的红色烟云时,小言便知道他们已经快到此行的目的地了。

"琼容、雪宜,抓牢了!"

见快要到达目的地,小言便提醒前后两位和自己同骑的人抓牢。听他提醒,琼容赶紧抓牢面前一对龙犄角,雪宜则紧了紧自己环抱的双手。

虽然远远便望见了犁灵洲的轮廓,但离真正抵达还有不小的距离。只不过这时候,天空中已经不时可以看到奇形怪状的人物呼啸而过,朝火气熏天的魔洲冲飞而去。

直到这时小言才发现,那些飞空而过的魔怪异灵身上,并不能看出多少阴森可怖之意,相反,看上去都很神圣庄严。比如刚刚冲过去的那只插翅黑狼,胁下那对黑色肉翅便被主人故意弄得银辉闪闪,看起来一副圣洁无瑕的模样。见如此,小言便略略收了些法力,将灵漪儿身边那些魔雾妖氛减淡了许多。

等降落到遍地斑斓红石的洲岛时,灵漪儿化成的龙形,便和不少赴会魔灵的坐骑一样,跟着地上主人的步伐在天空中缓慢飞翔。原来,为了表达对犁灵洲长老的尊敬,所有访客到此都下了坐骑,在红光斑驳的琉璃石径上徒步而行。

　　和预先了解到的一样，魔洲海滩上并没有什么侍从武士把守。所有赴会访客抵达之后，都三三两两地自行朝洲岛中心方向走去。虽然不知道灵洲大会为什么不需要请柬文书之类的，但小言还是坦然地跟在这些面目怪诞的访客后面朝前走去。

　　一边走，小言一边留意身边那些魔客的谈话。这些来自荒洲野泽的异灵说话时语音嘈杂，晦涩难懂，仔细听了半晌，他才大致听出，他们说此行前往的是本次灵洲大会的召开之地：天火峰，森红台。

　　当然，到底是不是这几个字，小言不知道，反正音节大致如此。

　　一路前行，看着相距不远的那些面目诡异的妖魔，小言心中不免惕然。只不过他却不知，在他心下惴惴之时，其他那些前来赴会的魔怪看到他这身罕见的魔王打扮，也都在心中暗自揣测，猜他是哪一路魔神。

　　说起来，这些与凶犁长老投契的各路妖魔，虽然一起号为"魔族"，但各自都还是人神妖鬼各界生灵中崇尚力量的强横灵者。

　　这些力量强大的妖魔灵怪，不知什么原因聚合在一起，听命于某处号为"魔都"的神秘所在。正因为族类庞杂，因而这些魔客落在小言眼中，形状不免千差万别。一路上遇到的，既有面如冠玉、冶态横生的俊美男女，也有绒毛丛生未脱兽形的妖兽魔灵。偶尔，一阵阴风飘过，凝目一瞧，还会发现其中裹挟着一团面目全非之物。

　　随着这些或沉默或喧嚷的魔怪前行，过了一处只容一人通过的狭长峡谷，便到了一处奇特的树林。这些杂布在红色山岩中的树木，树干叶色仿如人的皮肤，枝头所结的果实，竟五官毕具，仿若人首。从道边看过去，这些人面果实都面带微笑，真可谓"笑靥如花"。

　　见这人面树果可爱，一身玄黑裙裳的琼容便从魔王哥哥身边溜开，颠颠地跑过去和那些人面树果说话。

也不知道小丫头说了什么,还没等小言来得及阻止,便看到她已逗得身前那几株草木之物大笑起来。哇哇长笑声中,那些笑得最为剧烈的人面树果先后从枝头坠落,骨碌碌滚落地上。还没等小言缓过神来,便看到这些果实已化成一摊红水。瞧那暗红模样,也不知是果汁还是鲜血。

见到这怕人情形,琼容也被吓了一跳,赶紧乖乖跑回到哥哥身边,再也不敢说话。见到这果实滚落触地化血的诡异情状,心无挂碍的小丫头噤若寒蝉,小言心中则更加警惕。

初踏陌生之境,置身叵测之群,饶他再胆大,也不免有些惕然。再看着前面络绎不绝的异相魔灵,原以为筹划得当的小言,此刻心中忽升起几分莫名的寒意!

第十二章
火雨流离，恐遭牢生之劫

小言心中惕然之时，他身边两个女孩子却恍若不觉。刚才莫名其妙就闯了祸，现在琼容正尽量规规矩矩地朝前走，只是因为她身量相对矮小，在旁人看来仍不免像在蹦蹦跳跳。在她身旁，雪宜则穿着一身雪亮的长裙，跟在小言身后飘然而行。

又走了一会儿，小言开始有些纳闷起来："怎么还没看到传说中着火的树木？不是说这犁灵洲中遍生火燃的不昼之木吗？"

只不过又走了一会儿，特别是过了那片人面树林之后，道旁叶红胜火的树木便多了起来。

越往前走，那些树木枝叶的颜色便越深，直到他们终于看到一片真正着火的树林。耳边传来火焰燃烧惯常发出的轰轰声，琼容忍不住走上前去，踮起脚尖在那片熊熊似火的树叶中伸手搅了一搅，然后回身大声报告，说道："那是真火。"

见琼容亲试，小言这才稍稍放下心来。看来，灵漪儿打听到的那些消息大体属实。

在这之后，道旁山岩间熊熊燃烧的不昼之木越来越多。密密匝匝的火焰枝叶交相错落,释放出炽烈的火气,将火树林荫中的行人浑身映得通红。在一片火影之中,琼容的粉脸变得愈加红扑扑,就像熟透的苹果,雪宜俏洁的粉靥上则沁出许多细密的汗珠,就如同粉荷上满布的晨露。

虽然现在火气逼人,但雪宜曳地长裙之内,那件南海异宝火浣甲正裹住她的身躯,因此对她这位出身冰崖的精灵来说,虽然火道上炎气熏天,她还能从容行走。

这两个女孩觉得炎热之时,小言身上罩着的那层黑魔铠甲却仍然冰冷如初,似乎丝毫不受那些火树炎枝的影响。在火道上通过时,头顶的火燃之木不时簌簌落下一段燃灼的断枝,让人时常要留意闪躲。

就这样一路小心前行,当小言和琼容、雪宜走过一处怪石嶙峋的对合山崖时,他们便觉得眼前忽然一亮,然后满目便只看到一片耀眼的猩红。等瞬间震惊过去,双眼渐渐适应了眼前的明亮,小言才发现刚才刺目的猩红原来是一片广阔的火海。在烈焰喷吐的火海当中,有一座赤色的山峰高插入云,正巍然耸立在他们面前。

看到这片火海云峰,不用旁人提醒,小言也知道他们现在终于来到了一路上听说的天火绝峰。想来,本次魔洲大会所在的森红台,应该就在天火峰顶。

等真正来到天火峰脚下,见到这片恣肆汪洋的火海,小言才终于明白为什么犁灵洲的魔众聚会不需要文书请柬了。眼前这片无风自燃的火焰海洋,正将赤色的柱峰紧紧环抱,剧烈燃烧的焰苗顺着千仞绝壁不停地向上卷动,似乎那些火焰的精灵,想要攀到这座赤石山峰的顶部。在这样凶机暗藏的滔天火海面前,即使有飞天的坐骑,如果没有特定的强大灵力,也休想横空飞上天火峰顶。

正因如此,小言身边原本络绎不绝的赴会魔怪,来到天火峰下的火海之

前便大多停下脚步,仰脸朝上观望。

　　他们之中,只有少数法力高强的魔灵,到火海前直接召来了自己的坐骑,嗖哨一声腾空而起。只是,就在小言来到天火峰前的这一段时间里,飞空而起的七八条黑影中最终竟只有两三个成功到达峰顶。不少试图登顶的灵怪,大多被那些飘卷千尺的凶猛焰苗追上,瞬间化成灰烬。那些侥幸逃过的魔怪,则个个胆战心惊,除了个别顽强之徒,其他都只好悻悻离去。

　　饶是小言已经见过几次凶猛的火场,但看到这眼前宛如有自己灵性的凶猛焰苗,也禁不住暗暗心惊。

　　"难不成这次费了这么大力气,连魔洲大会啥模样都见不上一回?"

　　此时满面尴尬的小言身旁,已经有几个不远万里而来的魔人,看了看眼前情势,估计了一下自己的手段,然后毫不犹豫地转身离去。

　　见到这一情形,小言更加懊恼。

　　就在这时,他耳边忽听得一阵风响,然后便见一阵白茫茫的水雾在眼前弥漫开来,转眼面前这一小片火场便被暂时压制住。

　　"快上来吧!"一声甜美的声音如在心底响起,小言抬眼看去,发现这片忽然凝聚的云团之中,正游动着一个柔婉的身影。

　　"真的没事吗?"虽然知道云雨从龙,但小言心底还是有些犹疑。

　　不过等他和琼容、雪宜一起飘身飞上龙背,心中便再无杂念,只管抱伏在光润的龙鳞身躯上一起朝上飞去。

　　紧紧抱住龙躯之时,小言只觉得耳旁不停掠过呼呼的风响。灵漪儿飞动之时生成的甘雨,与那些火灵碰到一起,便不住发出哧哧的响声,蒸腾起一大片白色的云雾。

　　混白的水汽将飞天的三人牢牢裹住,让他们并不觉得如何难受。白雾遮面之时,小言只记得最后一眼瞥到的,是头顶那片暗色苍穹。

这时候,仍在原地踯躅的其他魔灵,见威风凛凛的黑甲魔神竟驭龙飞天,个个面露惊羡神情。在他们之中,有一个瘦如竹竿的黑袍老者,竟在小言驾驭神龙腾空而起时,觑准时机飘身而起,闪身躲在龙尾扫起的水汽旋涡中一起朝上飞腾。

他这法子巧妙,暂时似能免去火焚之灾,但其他束手无策的妖魔仍不敢轻试。万一到了半空中,龙尾忽然停了摆动,自己岂不是活生生当了天魔长老豢养火灵的食物? 那些攀卷如索的火舌,可是一直不甘心地追附在神龙的尾后啊!

不过,让他们这些踌躇不前的魔怪后悔的是,预想中的可怕情景最终并没出现。其中视力绝佳之辈,看到那团白云飞上红彤彤的天空之后,便散作几个豆大的黑点,消失在高崖绝壁的顶峰之后。

且不说他们跺脚后悔,再说小言几人。等飞上天火峰顶之后,化身游龙的小公主也幻回了人形。此时她只是一副侍女打扮,一身干净利落的青罗小裙,满头乌丝梳作两绺垂髻,柔柔飘在玉靥两旁。只不过灵漪儿虽然梳妆娈婉,但现在的表情可并不柔和。那个刚才跟在她身后飞上高崖的黑袍老者微一拱手飘然离去之后,灵漪儿便伸脚偷偷去踩小言那双质料相对柔软的战靴——

"哇!"正在绝顶之巅四顾苍茫的小言,被她这出其不意的一踩直踩得龇牙咧嘴!

就在小言忍痛之时,身旁那个机灵的小丫头看到这一情形,心中却很是想不通:"为什么灵漪儿姐姐会生气呢? 琼容还很羡慕呢⋯⋯我也很想给哥哥当坐骑,可哥哥不要啊,呜!"

正在惆怅之时,琼容无意中挠了挠头,忽然愣住,停滞不前。

"出什么事了?"

发觉琼容没跟上来,小言立即停下来转身观望,只看到小丫头正哭丧着脸,只管在原地打转。

"呃?"

见到这一情形,小言心里咯噔了一下,心说在这个节骨眼上可千万别出什么差错。正要开口细问,便见琼容跑来带着哭腔说道:"呜呜!我的两只火鸟簪子都不见了!"

"啊?"听她这么一说,小言三人才留意到小丫头的头发上现在已空空如也。

"一定是刚才飞上山时掉落了!"

见琼容难过,四人之中最擅长飞纵之术的四渎龙女灵漪儿赶紧过来安慰:"琼容别急,等姐姐下去帮你去找!"

安慰完,灵漪儿便朝山崖边缘急飘而去。只是,灵漪儿刚来到悬崖边,在她身后的三人,包括眼泪汪汪的失主,便忽然看到在黑赤云团不停滚动的苍穹上,蓦然升起两只巨大的火鸟,焰翅扇转如轮,朝这边吹来迅猛的火风。

这一对焰羽明亮的巨鸟出现得如此突然,倒把正跑过去的灵漪儿吓了一跳!

"这是……"

仰面望见这两只巨焰灵鸟火眸中冷冷的眼神,灵漪儿心中一时竟也有些害怕。不过,一看见这两只体形与以往迥异的火焰灵鸟,琼容却一眼就认了出来:"找到啦!"

欢呼一声,琼容便不顾剧烈吹来的炎热风息,一路东倒西歪地颠颠地跑过去,一把抓住火焰巨雀满是明亮黄焰的锐利脚爪,朝小言这边破涕为笑道:"我找到了!这么快!我就知道它们很乖!"

"哈哈,当然!"见琼容语无伦次的开心样子,小言哈哈一笑道,"它们当然很乖,就和它们的主人一样!"

见到这两只浴火重生的朱雀神鸟,原本心情有些忐忑的小言顿时精神一振,盘旋在心底的一丝阴霾立时一扫而光。

感受到空气中充盈跳动的烈炎之力,灵觉敏锐的小言乐观地想:"现在加上这两大助力,这回即使夺不回龙马,想要全身而退,大概也不太难了!"

心情愉快之际,横亘在自己面前的这条流动着明亮岩浆的火河,倒反而显得没什么了。在熔浆气泡鼓胀破裂的噗噗声中,小言轻松地踩着火池中那几个铁黑色的踏脚石,一路轻盈地朝前通过。他身上那副看似沉重的狰狞魔甲,并没给他的动作带来丝毫阻滞。

一路轻松向前,小言还不忘回头来跟琼容说笑:"琼容啊,你看这浑身冒火的大山,倒还真有点像你经常做的那个怪梦呢!"

"真的吗？可是琼容不记得来过这里!"

一路说笑前行,没多久他们便见到在这已是嵯峨入云的绝顶高峰上,巍然耸立着一座黑红岩石砌成的高台。

森然耸立的高台如一只巨大的猛兽,正从高处俯望着这些渺小的生灵。此时,暮色降临,立足在半天之上的人们,便看到满天如欲压顶的暗云中忽然有一轮鲜红的圆月现身。血色的月轮,透过暗云的遮挡,朝云霄之下这片魔疆要塞洒下一片妖异的月华。

第十三章
太清神手，挥为啸虎之风

这一回，是小言自打记事以来第一次看到血一样的月华。赤月流天之时，他仿佛能闻到空气中一丝腥膻气。

飞身上了肖然耸立的森红台，仍似未到魔洲大会之所。现在他们脚下这条红石大道，正腾腾地冒着白色的热烟；道两边，则参差不齐地排列着两列巨大的石柱。因为笼罩在血色月光中，这些突兀厚重的巨大石柱已看不清本来的颜色。昏暗的红光中，这些石柱就像一个个浑身淌血的巨人，在赤红的暗影中对道上的行人冷冷注目。

第一回踏上这样的奇诡秘境，看着血月光辉中的石柱火路，小言心中不由自主地闪过一丝惧意。

他有些害怕，但回头看看来路，看到低沉云天上正是青霭彤云密布，便想起自己正行走在万丈高崖之上，身后已没有退路。

念及此处，小言重又镇定下来。

又回头看了看紧紧跟在自己身后的女孩，小言吸了吸气，重又大踏步朝前走去。

正大步流星行走之时，已经沉静下来的小言冷不防脚下一滑，竟差点摔倒。

"怎么回事?"

迅速凝起心神,重新稳住身形,小言心中好生诧异。因为刚才那一瞬,心中似乎惘然若失,自己竟是一阵眩晕。虽然对自己的法力境界不甚清楚,但刚才自己分明已经调整好心绪,又怎么会平地走神失足?

此时似乎也不宜深究,小言定了定神,继续朝前走去。这时候,他和他身边的女孩全都没发现,就在刚才那一刹那,天空那轮赤色月轮中好像有一线深红电火闪过,然后小言身上黑色魔甲前胸那块看似暗淡无光的护心镜上,一瞬间竟也有一道红色电芒迅速流过,接着铠甲上那些神秘花纹上便隐隐流转起一丝不易察觉的红光,就仿佛在和天上的魔月相呼应。

在血色石柱林中又走了一阵,不久便看到一个巨大的圆形石场。

这座如满月月轮一样的宽广石坪,比罗浮山上的飞云顶还要广大,正微微凸在本就高出高崖一大截的森红台上。此时,巨石坪中遍布火光,其中黑影幢幢,似乎有不少人在走动。石坪上空,则飞翔盘旋着许多带翼的魔禽飞兽。

看着火光中魔影幢幢,小言想想天火峰的火灵险阻,便不免暗暗心惊:竟然还有这么多魔怪出现在此处。

"先把今晚混过去再说。"

到得此刻,他心底那股天不怕地不怕的冲劲又冒了上来,甩了甩头,昂昂然就朝巨石场中走去。这时他已把角牙横生的魔盔摘下隐去,因为看到先前遇见的那些魔怪大多衣装正经,自己若不摘下魔盔,便会显得太过夸张。

等到了场中,小言才发觉魔洲大会其实早已开始,现在石场魔坛中一片嗡嗡交谈声。走入石场之时,也没见什么侍从走上前来问话,就好像寻常山乡中的夏夜乘凉，没谁管你能否加入。

见到这一情形，原本准备了许多说辞的冒牌魔神小言心里倒有些失望。不过，虽然无人过问，但小言明显感觉到，就在自己走入石场火圈的那一刹那，这里百十位密切交谈的魔众，竟似乎都感应到了他的到来，只是略略一滞后，重又接着交谈起来。

等小言带着琼容、雪宜她们走入场中，略转了转，才发现广大石场中遍布着许多造型粗犷的石桌石凳。在这些天然桌凳旁边，三三两两地围着神怪魔众，他们一边吃着石桌上的肥甘野味，一边交流着自己的心得见闻。

在遍布石场的人群之间，又燃烧着一堆堆火光明亮的篝火。仔细看去，才发现这些篝火原来就是栽植在那儿的火燃之木。

刚开始时，小言看到这样松散的魔洲大会还有些莫名其妙。按他以前的经历，想象着魔洲大会应该有一个高台，可以让一些德高望重的前辈在上面讲话，然后后生小辈们依序出场，或提问，或上台演示。

再不济，也得像前些天的南海神宴一样，主人在座首主持应客，安排歌舞饮食。但现在，眼前这轰轰烈烈的魔洲大会却像是一盘散沙，他们转了大半天，却连发起大会的魔洲长老是哪一个都不知道。

只不过，看了一会儿，小言便发现，这些三五成群的神怪交谈成效极高。他们说话时不光动口，同时还手足并用，不停演示着法术来佐证自己的观点。

显然，这些人都是魔力高强之辈。小言往往看到强光急闪，但暴烈的光团仍然牢牢控制在主人手中，直到演示完毕，才会将那灵力强大的光球瞬间灭掉。

见到这样娴熟自如的操控能力，小言不禁暗暗咋舌。而这些来自四野八荒的魔灵，一旦讲完自己要说的事情，看对方也无话可说时，便立即离群走掉，加入另外一圈继续广博自己的见闻。这样的场面，与南海神宴靡丽浪漫的风格完全不同。

就这样在灵怪群中小心逡巡了一阵，他这个乔装混进来的道门堂主心情渐渐平静下来。等惧意略去，小言的少年心性就又冒了上来，竟和琼容、灵漪儿几人，像逛集市一样在魔焰滔天的石场中四处溜达起来。闲逛之时，小言在前面领头，琼容、雪宜、灵漪儿互相牵着手紧紧跟在他身后。

在森红台上走了一回，小言发现魔台边缘，按八卦方位立着八块高大的黑石碑。造型天然的石碑上，各自錾刻着一句大篆文字。绕着转过一圈，小言发现这八句碑文是：

览天地之幽奥

统万物之维纲

究阴阳之变化

显五德之精光

跃青龙于沧海

搴白虎于金山

凿岩石而为室

托高阳以养仙

虽然这里是灵洲魔坛，但这八句碑文却说得中正精微，大义凛然。只不过这八句话，全都是用滚热熔岩写成，明亮耀眼的红黄熔浆在漆黑石质上如蛇虫般缓缓流动，便让正气凛然的铭文平白显出几分妖异之气来。

看这些碑文时，小言忽发现琼容也和自己一样，仰着脸目不转睛地盯着那些火热碑文看。

看见她这副认真研读的模样，小言便忍不住说道："不准去摸！"

这样闲逛了一会儿，看清魔坛石场的景物后，小言渐渐开始留心起魔怪们的对答来。走了一阵，他便找到一处还算能听懂话音的地方，也加入其中倾听起魔灵的谈话来。

一边听，他也有样学样拿过不斟自满的酒樽，品尝了一下樽中这鲜红似血的灵洲美酒。美酒入口，小言才发现这酒虽然颜色吓人，抿入口中却极为甘美醇和。只是虽然这酒好喝，但身处险地，还是浅尝辄止为宜，品过一口之后，小言便将酒樽放回原处。

酒的醇味还在舌尖慢慢扩散之时，小言已听明白，原来身边这几个形状怪诞的魔灵，居然都在谈论何者才是天之道。听了这个话题，小言也来了兴趣，更加认真地倾听起来。

这时候，灵漪儿、雪宜，还有好动的琼容，见小言加入魔灵小组，便自行在不远处寻得一方白石坐下，静静地看他们说话。

跳动的火光中，这几个女孩子并不知道，她们这样心无旁骛地静静旁观，无意中显露出的姿态，竟是无比静婉恬娴，偶尔水眸流眄，就宛如瑶花照水。见了她们这样的仙婉姿容，自然有一些心性放达的魔怪上前搭话。虽然语涉调笑，但雪宜、灵漪儿她们也能看出，这些魔神虽然口无遮拦，但并无恶意。听到浑话时，几个宛若雪梅清兰的女孩子，只不过掩嘴轻笑，并不动怒。

再说小言，虽然生性跳脱，往日观读经籍思索天道时，也比较旷达，并不拘泥道门经典，但在这几个魔怪之中听了一会儿后，却渐渐有些不服气起来。原来他身旁这几个谈论天道的灵怪，满口都是悖乱混沌之言，只想着如何逆天而行。

只不过，所谓道不同难相与谋，他毕竟还是秉持天地正道的三清门徒，在罗浮山上听到的都是讲求如何顺应天时；现在听得这几个魔人一边倒地研究着如何逆天、灭天，便总觉得有些不是滋味。

又耐着性子听了一阵，看到那个虎头人身的魔怪越说越起劲，满口唾沫星子直飞，小言便再也忍不住了，加入其中隐讳地说了几句顺天应时的话。

这样一来，那几个本被虎头怪粗门大嗓震得要走的灵怪，一时都停了下来，重又耐心地听这两人开始争论。当然，小言只不过略略说了几句，但那个虎头神怪正恼没人接茬，一听有人说话顿时来了劲，越发起劲地吼起来。

见自己不小心说了两句，便闹出这么大动静，小言心下顿时便有些惴惴。正要朝四下观望风声之时，却忽听身后响起一个声音，声音响亮中带着幽沉，如从铁瓮闷罐中传来："这位魔兄，其实赤虎山神说得也没错。"

"哦？"

"须知这天道之理，本来就如一体之两面。常人皆说顺天为道，岂不知正如阴阳二仪，顺天为道，那逆天、灭天，亦为天地正道。"

听得这话一下子切中肯綮，小言急忙回身望去——原来自己身后，正站着一位身形高大的老者，一身宽大黑袍，上绣银色云雷之纹。看他脸上，虽然双眸晶润有光，但脸色犹如淡金箔纸；虽然嘴唇翕动，但淡金面颊丝毫不动。

除了这些特异之处，这老者乍一看好像是满头红发，但若仔细观瞧，便会发现这些火红头发原来是熊熊燃烧的火焰。

等这位火发黑袍的老者到来，小言惊讶地发现，眼前这几个原本大大咧咧的魔怪，竟不约而同地脸现恭敬神色。原本叉着腰气势凌人的虎头神怪，现在也一下子低垂两手，满脸敬畏之情。

"这老头是何人？"看到这一情形，小言心下暗自惊奇。

虽然面前老者似乎来头不小，但他此时毫不畏惧，仍是不卑不亢地重述了一下自己的观点，说世间的生灵，只有顺天应时才能更长久地生存下去；也只有顺天修行，才可能达到魔道力量的终极。

见小言抗声辩解时气度从容，金面老者不仅不恼怒，反而还暗暗惊奇。

略思索了一下，老者便仍是不动声色地说道："小兄弟似乎不相信混沌逆天之力可以让我们魔技强大？那我们不妨来试上一试。"

说完这话，老者朝赤色皮毛的虎头山神努了努嘴，说道："借赤虎老弟开山铉斧一用。"

黑袍老者这话说完，小言诧异地发现，身前那个赤虎山神忽然面如土色，魁伟的身形都似立马矮了半截。

正奇怪时，小言便看到一脸晦气的赤虎山神虽下意识地想去拔出腰间斧头呈上，但迟疑了一下，还是鼓足勇气跟黑袍老者低声求道："长老在上，小神这小小铁斧，实是个不祥之物……每次拔出，它都要饮血三斗，否则便不吉利……"

听他这么一说，小言才注意到赤虎山神巨硕腰间狮蛮带上插着的那把大斧，幽暗斧面上血光隐隐，显见百汇杀气，嗜血无数。

正待细细观瞧，却听旁边黑袍老者一声大笑："此易行！"

话音未落，便见赤虎山神腰间紧紧插着的开山铉斧倏然飞出，带着诡异的啸音直朝赤色云空中飞去。须臾之后，还在斧头主人一脸茫然之时，这把魔斧便又重新飞回，唰一声飞入黑袍老者手中。这时再看，小言发现斧头原本黝黑的斧面上，已经浸满了鲜红的血水，正滴滴答答往下流个不住。

见小言神色不解，黑袍老者解释道："此是人木林中之血。这些草木，已接近修成血肉人身。"

听得此言，再看那鲜血淋漓，小言心中悚然，颇为不忍。

这时候，四处许多魔怪渐渐围来观看。

在大家热切的目光中,黑袍老者也不顾赤虎山神心疼得虎须直抖,只嘿一声,握斧的左手中立即腾空飞出一些琐碎火星。这些细微的火星一出现,小言立时感觉到脚下站立的石场蓦然颤动起来。

"难道它们之间有关联?"看着那些有如流萤的星火,小言心中暗暗惊奇。

正转念时,便见黑袍老者对自己微微一笑,说道:"请看好,这就是混沌火乱之力!"

话音刚落,众人觉得眼前一花,只觉得整个魔坛云空一阵纷乱,但瞬间眼前景物便又恢复清明。等这些灵力心志都很强大的魔怪回过神来,才发现老者手中那把著名的嗜血魔兵,已销熔成一团毫无生机的铁块。

见到这般情景,围观魔众尽皆心惊。因为他们都有耳闻,赤虎山神那把开山铉斧,其中寄生的魔灵特别强大,如无消弭九幽玄冥的乱魔之力,绝不可能在瞬间就抹去嗜血魔灵的所有生机。

在众人啧啧惊叹之时,心爱兵器被毁的倒霉山神,满脸沮丧。

当然,小言并不知这许多内情。见黑袍老者谈笑间斩取人木之血,片刻之后又毁去别人的宝贝兵器,心中便忽然升起些愤然之意。又想起虎头魔怪的无妄之灾是因自己而起,小言便分外歉然。

看黑袍老者托着铁块微笑看着自己,似是等自己认输,小言想了想,按捺住心中不忿,也是一脸微笑。只不过,此时他手中暗运太华道力,顿时一股清力喷薄而出,唰一声便把黑袍老者手中那块废铁隔空吸入自己手中。

见他如此,老者不禁有些讶然。此时他倒来了些兴趣,仍是一脸笑意地看着小言。

这时,他们身周已经里三层外三层地围上许多人,见少年竟敢从黑袍老者手中夺物,这些魔众惊心之余,全都伸长脖子看少年如何表演。

见到这样热闹的情景，原本乖乖待在姐姐身旁的琼容，也赶紧跑过来，气咻咻地从人堆中挤进来，跑到人堆前看哥哥变戏法。

就在众人瞩目之时，小言手中忽然也缭绕起几点银光，围着那块废铁萦绕飞舞。在暗色的夜空中，七点寒星一样的银芒，正按照一定的轨道，杂而不乱地盘桓飞舞。

略停了一会儿，众人便听面生的少年清声说道："告长老，人间俗语有云，'千年古木，毁于一旦'，这世间器物总是毁之易，立之难。"

话音未落，众人便觉眼前银光闪华，然后就看到少年手中那块无知顽铁，突然间就像吹气般膨大生长起来。和刚才老者毁斧时只让人眼前一花一样，这回少年将顽铁还原为斧，也只是在须臾之间。

等星光落定，眼前重又回复魔坛赤红光影之时，那位还在悲痛万分的赤虎山神，忽然张大嘴巴："这、这……"

惊怔之时，他丝毫没发觉自己这两声已是虎嚎。

原来，此刻长发飘扬的黑铠少年手中所持之物，已还原成了他熟悉的铉斧形状。唯一不同的是，斧面原本隐隐的血色，现在已代之以流转无定的神异清光。见到这般情形，赤虎山神就好像看到一个老朋友在眼前死而复生，直喜得口中哇哇嚎叫！

在这样欢乐圆满之时，众人忽听到有个稚嫩的嗓音甜甜地说道："老爷爷！能不能帮我把斧头再变回去？刚才哥哥变得太快，我还没看清楚呢！"

听到这可怕的建议，斧头真正的主人赶紧一个箭步蹿上来，从小言手中拔回重生的爱斧，两手紧紧抱在怀中，再也不肯放手。

见他这副模样，再看看那把宛然如旧的铉斧，黑袍老者哈哈一笑，朝小言挑指赞道："好一个毁之易、立之难！其实小老儿方才也并非存心损人器物。刚才所为，一来为与你辩理，二来则是因这位赤虎老兄的血斧，已残害数以千计生灵，大坏我魔族名声，今日长老我正要顺势将它毁去……"

魔域长老一口一个"魔族"，原来真正魔族中人，向来都是将神魔仙鬼并提，以魔为荣，毫不讳言。他们倒不像民间传闻的那样，说是若有谁跟魔人提了"魔"字，便立即小命不保。

再说这黑袍老者，瞧了瞧满面羞惧的赤虎山神，忽然放低了声音，低头喃喃自语道："也好，也好，一腔正气，如此一来它便不再是禁物了……"

低语说到这里，一头火焰头发的魔族长老低垂着头颅良久不动，然后忽然抬头，朝小言龇牙一笑，说道："小兄弟，你今得北斗之力，本是可喜可贺。只不过——"

顿了顿，他便说出一番惊心动魄的话来："你可知道，在浩浩天垣之上，南斗主生机，北斗主死气。你今日既然蒙受北斗七星神华，只恐天杀星动，离伏尸千里、血流成海之日，已不远矣！"

第十四章
斗转天摇,险中偶得烂漫

"伏尸千里? 血流成海?"

听着黑袍老者的话,刚开始小言还没反应过来。等老者说完,停了片刻,他才突然意识到自己刚才听到了什么。

在心中略略咀嚼了一下这两个词,神态清俊不羁的小言便笑了起来,不以为然地说道:"长老之言晚辈自当聆听。只不过您刚才也该听到,我平日修心炼道,依的是顺天应时,又怎会去大肆屠戮生灵? 何况,晚辈虽然法术略有小成,但在各位前辈高人面前,法力还不值一提。即便有时动怒,最多也不过流血百步,何尝能伏尸千里?"

听了他这辩解的话,魔族长老一时也不回答。这时他那双晶润有光的眸子忽然变得虚无缥缈起来,仿佛洞明一切,盯着小言看了一会儿,然后他慢慢咧开嘴笑了起来:"唔……也许,也许。我也只不过随口说说。"

轻轻揭过这话,小言倒想起另外一件事,便语气诚恳地问道:"长老您见多识广,我忽然想起一事,还想请长老解惑。"

"但说无妨。"

"不知长老可曾听说,有哪处山间神灵会使一种法术,能让方圆数十丈之内其他所有的法术失效，只有他自己的法术能运用自如。"

原来小言看到老者对赤虎山神知之甚详，便从"山神"二字联想到那回琼容突然化身为高强神女的事来。

虽然这小丫头平日坚持认为，那美貌女子就是她长大的样子，但在小言心里，仍然认为那该是某位山神附身。说起来，那一回真得感谢那山神，否则琼容已然遭了毒手。怀了这感恩之心，小言便不管旁边聪明的小丫头噘起小嘴，仍然决定要打听清楚。

只是，当小言正准备进一步描述那日情景时，却奇怪地发现，眼前这位气度不凡、谈笑自若的魔族长老，脸色忽然变得凝重起来。

"刚才小老儿是否听错了？真的是所有法术失效？呃，就连你的也不行？"

"正是！"

"这样啊……"

稍停了一下，原本看不太出真实喜怒的黑袍老者，却忽然现出一副悠然神往的表情，自言自语般悠悠说道："唉，那便是传说中的'神之域'啊。神域之内，唯吾独生，这才是真正的神技啊……"

陶醉在悠远回忆中的魔族长老，没看到眼前少年一脸懵懂神色，悠然半晌，他才猛然回过神来，跟眼前一脸茫然的小言说道："如果我没猜错，你遇见的绝不可能是山泽寻常神怪。能让其他所有高强法术全部失效，这样强横霸道之术，只有远古的上仙大神才能使出。"

说到这儿，这位魔力渊深的天魔长老，有些自嘲地说道："咳咳，我们这些人，平日虽也号称天魔神仙，但比起那些仙圣古神来说，又算得了什么……"

"仙圣古神？"听了长老这席话，原本为了解惑的小言却变得更加迷惑。

瞥了一眼琼容，看见她正斜过小脸，皱眉缩鼻，努力装出平日苦练的生气神色,表达对哥哥的不满。

见到她这模样,小言有些忍俊不禁,心中忖道:"哈!这天真懵懂的小丫头还真走运,危难时候竟能得到上仙古神的眷顾。那个神幻绮丽的女子,究竟是哪位过路的神圣?"回想起旷绝人世的姿容,小言的心跳不由自主地加快了速度。

到了这时,这一老一少、一魔一道的对答就算结束了。宽袍大袖的魔族长老,朝小言微一拱手,一笑而去。那些围观的看客,此时也都渐渐散去,只有那个形貌魁伟的赤虎山神,跟小言继续絮絮叨叨了一阵,然后才千恩万谢地离去。和赤虎山神一番对答,小言知道刚才那位魔技高超、态度从容的黑袍老者,正是此地魔洲的主人凶犁长老。

在此之后,小言便来到雪宜、灵潵儿坐着的白石处,坐在她们身边随口说话。闲坐之时,他顺便调匀自己有些动荡的气息心神。刚才那番铸物化形,丝毫讨不了巧,委实耗去他不少灵力。

在小言休息之时,心高气傲的龙族公主灵潵儿好心替他护法,毕竟现在乔装而来的小言不宜太过惹人注意。灵潵儿的护法丝毫不敢懈怠,而此刻身旁随意闲坐的饶州少年,身上原本的市井之气早已消弭殆尽,现在举手投足之间,自有一股清徐不俗的气度。

又过了大约半个时辰,正当小言要起身四下闲逛时,却看到周围的人群忽然起了些变化。原本嘈杂无章的交谈渐渐平息,巨大石场中处处燃烧的火树也突然颜色晦暗,整个森红台上,一下子变得黑暗静寂起来。

"发生了何事?"

见此情景,小言立刻不动声色地观察起周遭情况来。

正在这时,他看到台场上空,忽有人飘飞而起。那人浑身红光笼罩,荡荡悠悠地停留在众人头顶上的半空。小言凝目一瞧,看到那人正是凶犁长老。此时凶犁长老正笼罩在一团淡红光影中，飘在暗赤夜空，口里啾啾作声，正在用奇特的语言向地上的魔众沉声说话。

见到这番情形，小言顿时放下心来。虽然魔族长老语言难明，但显然不是要跟他发难。

又过了片刻，庄重宣讲的凶犁长老忽然面色一松，然后猛地提高声音，朝四下高呼了几声。随着这几声大喝，一直静静听讲的魔怪妖灵，突然迸发出一阵参差不齐的欢呼。欢呼声中，一直留心左右的少年堂主张小言也跟着胡乱喊了两声。

"凶犁长老刚才说了啥？"

正在小言琢磨之时，就见停留在半空的凶犁长老横空飞过一段距离，飘然立到石场边缘的一块高大黑石碑上，背对魔众，风鼓袍袖，两手伸向天空，仰面长啸了数声。在这犹如虎吼松涛的高啸声中，原本遮天蔽月的赤色夜云竟霎时间朝四面飞开，被魔洲云霾遮住的海岛夜空重又显现出本来的幽暗黑色。

乱云四散时，却有一片乌云飞来，恰好遮住被魔火染成血色的夜月。前后只不过眨眼工夫，原本火光明亮的魔神聚会之所，顿时像被凭空罩下一口密不透光的铁锅，满目光明的世界即刻成了黑暗之所。

"是不是要举行什么暗黑的仪式？"

在对凶犁长老操纵云空的莫大神力感到惊异之余，小言开始揣测起他这么做的含意来。苦思之时，不免便有些感慨，想着如果自己也能听懂魔语，那该多好！

正在思索之时，却发现已是风云突变。原本漆黑一片的苍穹，突然间流光闪耀，火雨纷纷，竟开始绽放起无数五色绚烂的花火。

"噢，原来只是赏玩娱乐。"

放下心来,小言便和几个女孩一起,站在高台之中仰头赏看这些璀璨的魔花焰火。

头顶上,这些不知从何处而来的明丽彩焰,正在纯净如黑水晶的苍穹中幻成形态各异的图案,似花团,似火雨,或者什么都不似,只是在黑色云空中自由地翱翔流击,相互碰撞,激荡起漫天璀璨流丽的五彩光雨。

"绮丽哉!"

见到满天奇幻倏忽、往来莫测的神彩霞焰,一直心神紧张的小言全然放松下来,直看得目眩神驰,不停赞叹光影的神奇。

站在他身旁的女孩子,见到这样神丽的美景,自然也看得如痴如迷。

又过了一阵,在一阵宛如电流霆击的强烈明焰之后,漫天奔流的光雨忽又变得无比温柔,鲜亮艳然的彩光转变成柔和的淡红。遥远的高天,忽变成一条透明的河流,深窈的河床上缓慢流动着柔丽的霞波。淡彩如雾的光影中,冉冉飘摇着千百个迷离轻盈的粉红水泡,不停地诞生、上浮,然后又幻灭无踪。

仰首看着这样烂漫飞天的花火,不知不觉小言便已沉溺其中。心醉神迷之时,万籁俱寂,仿佛身边只剩下清风吹衣的女孩和自己一起在空旷无人的高台上,同看花光的明灭。

看得入神的小言只觉得天旋地转,渺渺冥冥,整个人都仿佛要离地而起,飞到天上与那些焰灵一起流幻、生灭。在这样缥缥缈缈之时,正是不知此地何地,今夕何夕……

也不知过了多少时候,天上的花火渐渐熄灭,整个流光溢彩的夜空重又变得平淡冷清。

当整个天空重归寂静之时,有长风从海面吹来,将沉迷于魔焰花火的小言吹得神思俱清,重又清醒。

与他相似，魔洲大会的焰光观赏结束，那些来自荒山野泽的魔怪妖灵，大多还沉浸在方才那番动人心魄的绚烂之中。琼容、雪宜，还有那四渎公主灵漪儿，更是一起伫立在小言身边，任夜风拂动裙裳，如痴如醉，久久无语。

这样如梦如幻的火花表演过后，这夜的魔洲大会便接近了尾声。刚才隐于暗中操纵魔焰的凶犁长老，这时又现出身来，在森红台东南侧的上空双掌相击，一声大喝，然后那高台边迷离的夜空中，便轰然出现了数百个纺锤形的巨石，如一串珍珠般悬停在森红台边的高空中。

在虚空之中召唤出这样奇特的巨石天路后，事必躬亲的凶犁长老便和所有好客的主人一样，满面带笑，在悬空石路的起步处谦恭地请客人们前往各自的宿处。

小言几人走到巨石天路时，笑意盎然的凶犁长老，听到走到近前的小言低声说道："凶犁前辈，见谅了。"

"嗯？"

"凶犁前辈请勿见怪，晚辈其实只是寻常的修仙慕道之客，实非魔族中人。"

"哦？"

听小言忽然说出这样诚实的话，凶犁长老倒是一愣。已经打定主意的小言，并不管凶犁长老神色，继续说道："这次我只因得了一件魔甲，又久闻犁灵洲大会之名，心中好奇，便赶来赴会，实是冒昧得紧。"

听到"魔甲"二字，一直不动声色的凶犁长老眼眉微微一动，但仍是保持着原来的神态，并不上下打量小言。

沉吟片刻，这位魔疆第四天魔，忽然面露一丝狡黠的笑容，同样也压低了声音说道："其实我也正要告诉你，该如何去自己的宿处。因为我想你应该不知道。"

第十五章
乘槎浮海，浪里且伴闲鸥

听凶犁长老此言，显见他早知道小言并非魔道中人。不过这点小言早已判明，否则他刚才也不会跟长老坦诚相告。

现在，只见凶犁长老面含笑意地跟小言低声说道："先前看阁下对本长老取人木之血颇含不忍之意，那时我便知你并不是我等嗜血决绝之辈。"

说到此处，凶犁长老并没有继续追问小言来历，只是话音一转，指点他如何去自己的住处："你们顺此而行，沿着发光的道路一直走到尽头，便能见到自己的宿处。"

接下来，小言他们便依着凶犁长老之言，踏上悬空的巨石，小心地走向前边无尽的天路。行走之中，又有猛烈的天风打横吹来，直吹得他们衣裙猎猎有声。

行走在天路之时，青罗小裙的灵漪儿悄悄问小言，问他为什么要透露自己并非魔族。

听她相询，看了看前后正有魔人鱼贯而行，小言便只说了一句："这不过是'小让而大争'。"

小声说完，他便不再说话，小心翼翼地继续往前走。

大约走了半盏茶的工夫，依次降低的悬空巨石便到了尽头。尽头处，巨石天路接到坚实的土地上。

从最后一块巨石上跳下，脚踏实地之后，小言看到眼前又分开百十条岔路。也不知凶犁长老施了什么法术，在这百来条岔路之中，小言、灵漪儿几人却只看到一条道路正泛着明亮的红光。

想起凶犁长老的话，小言几人踏上这条红色的光路，一路向前。走出百十步后，又看到分出三四条细路，细路之中，也只有一条道路闪耀着红色的光芒。

顺着这条蜿蜒曲折的红光道路行走，过了小半炷香工夫，小言便看到路的尽头坐落着一个红泥小屋，其中许是点着明烛，正从窗中透出温暖的光亮。看来，这便是他们今晚的落脚之处。

走到红泥小屋近前看了看，发觉与其说是座屋宇，还不如说是一个突出地表的洞穴。丹赭色的屋顶，与墙壁连在一起，就像一只半圆的猫耳朵。

在猫耳丹穴的前面，红石小路两旁都用紫贝铺地，中间随意散落着浅黄淡红的花朵，在晚风中轻轻摇曳。

等进了这间小屋，小言便看到里面家具的造型都很粗犷简单，无非是石桌石凳，还有一张红泥烧成的硬床。看床榻的宽度，差不多能并排睡下两人。环顾了一下四周，小言心说这海外灵洲的风格，果然与中土凡间大为不同。

与中土大地迥异的民情风俗，倒让他们在睡前费了一番商量。最后三个女孩勉强挤到床上睡下，小言则趴在石桌上和衣而眠。之后这一行四个小儿女，便在阵阵海浪风涛声中渐渐入眠。

第二天早上醒来，他们正在房前四下打量时，有一个面容古怪、浑身只着一件豹皮裙的精壮汉子走来，垂首打了个千儿，请小言他们去"洗漱用

膳"。

于是接下来，他们就在离丹屋不远的海滩上，随手撩起些海水抹在脸上，当是洗脸；又捧了一口海水含在嘴里，囫囵吞吐几下，便算是漱口。

然后，小言几人就和其他那些赴会魔人一样，在海滩上就近烧烤起海贝紫苔来。这时候赴会的灵怪们大都已醒来，于是海滩上青烟四起，到处热闹非凡。

虽然魔洲的早宴稀奇古怪，满是腥膻，但身处海岛滩涂，满面吹拂着清凉海风，沐浴在清晨万道霞光之中，一边翻转烧烤，一边看旭日东升，倒也别有一番风味。这海边的烧烤，对琼容来说又格外有趣，于是小言便满眼只见小丫头跑上跑下，递这递那，忙得不亦乐乎。

用完早膳之后，小言便和琼容、雪宜、灵漪儿回到宿处，准备稍事休息之后，开始他们的打探大计。

本来，昨日晚间灵漪儿也曾提议趁着夜色四处探察，但小言想了一下，还是否定了这个主意。在他看来，夜幕对于那些海洲魔众来说，根本与白昼无异，况且到了夜里，说不定巡查更严。反而在白天，即使四处探察时被发现，还可辩说自己只不过是想看看海岛风光，无心闲逛而已。因此，灵漪儿最后还是同意了小言的建议，定在白天开始探访龙马的藏匿之处。

只是，就在小言他们正要出门之时，却忽然听到门外一阵响动，似乎有什么人正嗵嗵嗵重步跑来，杂乱沉重的脚步声中，还夹杂着阵阵低沉的咆哮。

一听这声音，也不等从门边朝外观看，小言立即一挥手，和雪宜、灵漪儿几人迅疾冲了出去。因为屋子狭小，一旦动手不免有被瓮中捉鳖之忧。

不过等他们冲出屋外，小言才看清楚刚才闹出那么大动静的，只不过是二人而已。其中一人他还认识，正是昨晚那个悲喜交集的赤虎山神。急吼吼跑在他旁边的,则是个独角牛鼻的壮硕怪物,精赤着上身,一身青色皮甲,腰间束着宽大的黑色狮蛮带,一看便是一头莽莽撞撞的犀牛精。

看见是这二人,小言顿时松了一口气。因为虽然这俩牛头虎怪身形巨硕,但看他俩步履沉重、心浮气躁的模样,便立知他们不是自己这几人合击下的对手。

放下心来,小言示意身后几人收起武器,然后自己赔着笑脸迎上前去,抱拳和声说道:"呀!不知是山神大哥前来,小弟未曾远迎,失礼失礼!"

见他客气,感恩戴德的赤虎山神赶紧立住身形,便要抱拳还礼。正在这时,和他同来的那个青犀牛怪,却不管别人乐不乐意,双手忽地向前,只管将自己捧着的物事硬塞到小言手中,然后瓮声瓮气地说道:"给你!"

"虎兄,这是何意?"

饶是小言力气大,突然入手一大坨死沉死沉的铁块,也顿时闹个大趔趄,一时都差点摔趴下!心中不解,便侧脸问相识的赤虎山神。

看见这一情形,赤虎山神也甚是尴尬,赶紧跟小言解释:"小恩公莫怪,我兄弟就是这牛脾气,不晓得说话。其实是这样,青犀老弟今日过来,也是想请你帮忙。"

听赤虎山神解说了一阵,小言才知道,眼前这个犀牛怪,是南荒中某处草泽的神怪。现在手中被他强塞过来的重铁,半个时辰前还是这个犀牛怪的兵器——一根极为沉重的狼牙棒。

这狼牙棒和赤虎山神先前的那把嗜血铉斧一样,也是出必饮血的禁物,戾气极重。而且草泽中的犀牛怪和其他灵犀一样,天性不喜欢看到自己的影子,所以每次到河溪边饮水,都要拿狼牙棒把静水搅乱后才去喝。只是这狼牙棒乃染血禁物,每次把它放入水中,都会把甘甜清水变得和鲜血一样满是腥气。因此,自从昨晚看到黑甲少年小言将赤虎山神大哥的嗜血铉斧变得清光流动,仿若神兵一样,犀牛怪也动了心思,一大早便去凶犁长老那儿,好说歹说也请他将自己的魔兵熔成顽铁的模样,然后拉上赤虎山神一路急赶跑到这儿,好请妙手无双的小言将它变成神气内蕴的兵器。

听过赤虎山神这番解说,小言面上露出些难色,似是好生迟疑。

一见他面色作难,赤虎山神着了忙,以为小言要推托,便赶紧帮自己的兄弟解说:"咳咳,这位正道恩公莫怪,其实这兄弟和我一样,虽是魔族中人,但向来偏安于荒山野泽中,和正道人士从来没什么冲突。有一次,他还和一个正教中人不打不相识呢!"

赤虎山神果然比他那个笨嘴拙舌的兄弟强得多,自从早上从凶犁长老那儿得知他的恩公并非魔道中人,这时就留了个心眼。一见小言神色犹疑,便猜他应是因门户之见不肯援手。若真是这样,那他这蠢笨兄弟可就亏大了。兵器中的魔灵,哪里是这样容易炼得的?多年的心血,很可能就这样毁于一旦了!

因此,其实平时说话也不怎么利索的赤虎山神,心中一急,这解说之辞居然说得流畅无比,末尾那一句,更是神来之笔。事实上,这一百多年来,他这个青犀老弟对那个唯一和他交过手的正教中人一直念念不忘。因为他现在会变成独角犀牛,全是拜那位高人所赐。当然,这话此时不便明说,为了能和小言这个正道中人套近乎,也只好粉饰借用了。

费了好大心思好不容易说出这番话,赤虎山神却见小言忽然笑了起来,跟自己说道:"虎大哥切莫相疑,既然你们好言相请,我又怎会因魔道之别而推托?我现在只是有些为难。"

"为难什么?"赤虎与青犀一齐紧张。

却听小言说道:"我为难的是我还没见过这位大哥铁棒的确切模样!"

"原来如此!"

于是接下来,这两个山泽神怪便手舞足蹈、吼吼闹闹地跟小言比画起来。等被当作铸造师傅的小言帮青犀怪将兵器原样恢复,时间已是将近中午了。

送走千恩万谢的精怪,上午没剩下多少空闲时间让他们去打探消息了。不过刚才和赤虎、青犀的闲谈中,小言也得到一个重要的消息。赤虎他们早上听凶犁长老说,今日一整天都不召集大会,空出时间来让各位远来的宾朋贵客,好好游览一下犁灵海岛的风物。当然,长老也说了,岛上有些禁地,还是请大家轻易不要涉足。

听顺便传话的赤虎山神说到这里,小言嘴上嗯嗯啊啊地搪塞过去,心中却大喜道:"哈!真是天助我也!这样我们也不必留神应付了。至于什么禁地,今日咱们正要大探特探。万一被发觉,就推说赤虎老兄口音太重,一时没听懂!"

心里打着这样的如意算盘,小言他们一时倒也不急着出门。等用过午饭,又养精蓄锐一阵,他们一行四人便轻装简从,在这海外灵洲上闲逛起来。

"嗯,打探出龙马的确切藏身之处,至少也得费一两天时间吧?"

来之前,小言就把打探任务的困难程度估计得很充分。凶犁长老并非常人,隐匿龙马之处定然机关重重,伪装无数,又怎会让外人轻易探得?出发之时,小言便跟几个女孩认真交代过,让她们不要轻易气馁。

只不过,接下来的事情却有些出乎意料。原本想得极为复杂的事情,竟变得非常简单。出发没多久,只靠着琼容和灵漪儿对水草鸟兽分外敏锐的灵觉,一路探寻,他们轻易就发现了隐藏四渎龙驹的场所!

话说他们一路半飘半走,掠过一连串婉转相连的海屿,不多久便看到一处绿树葱茏的海岛。

这处海岛,和先前犁灵洲主岛上红岩火树的风格不同,到处都是大片的阔叶绿树。放眼望去,葱葱茏茏,树木间有许多小虫子飞舞,处处是一派生机盎然的景象。按照琼容和灵漪儿的灵觉,四渎那些被盗走的龙马,应该就藏在这座绿色海岛之中。

虽然一路上并没有碰到什么守卫,但快要到达目的地了,小言几人还是不敢大意。凭着灵觉,预先测好隐藏龙马的大致方位,小言便和灵漪儿她们一起施术潜入水底,在碧绿海水中潜行了大半晌,特意绕了好大一个圈子,才敢渐渐潜近这座绿岛的东南部。那处正是有可能关押龙马的地方。

靠到近处,他们仍不敢冒头,只立在海底近岛的礁岩上,透过清澈澄净的海水朝上看去。

透过微微晃荡的水波,小言看到在前面岛屿近海的边缘,正有一片广大的滩涂。银白的沙滩泥涂上,生长着无数肥大的水藻。这些深绿水草之间,徜徉着许多毛光似雪的龙马。这些雪白的神骏龙驹,鬃鬣飞扬,四蹄生雾,在碧蓝如洗的天空下形成一幅鲜明的画图。

看着这些悠闲的龙马,若不是滩涂边还有一圈若有若无的淡紫火墙,还真会以为这是一处宁静安详的马场。

在水面下仔细观察了一阵,小言便轻轻抬起手指,指了指滩涂上方那片白云悠悠的蓝天,对灵漪儿努了努嘴。

见他指示,灵漪儿会意,仰起俏靥稍稍看了看,便拉过小言的手掌,在掌心画写道:"有顶。"

感觉到手中的字,小言点了点头,然后又看了看那圈淡若无物的火墙,再向灵漪儿示意。这回灵漪儿认真看了看,然后在他手心写道:"易破。"

写完"易破"二字,心急的灵漪儿便要动手。近在咫尺的小言只听呼的一声,便见一道银光闪过,然后周围水波一阵动荡,灵漪儿已是兵刃在手。

说起来,这还是小言头一回看到这位四渎公主的兵器。这时在澄碧海水中看去,灵漪儿手中拿的正是一把线条柔和、华光灿然的月形银弓。

见她急着便要破水而出,小言赶紧将她拉住,摆摆手示意她不可轻举妄动。然后这几人在他的带领下从清碧海水中悄悄离去。

等回到了先前出发的地方,才一出水,满腹狐疑的灵漪儿便着急问道:"小言,刚才为什么拦我?我看那禁制火墙很简单,只要我用银月神弓射去,瞬间便可将它破去。然后我们便可从水路驱走龙马,不到半晌工夫便可返回四渎龙域。"

听她相询,小言认真回答道:"这事恐怕没这么简单。先前听你陈述流云牧中丢马情状,再结合昨晚那一番对答,可知此地的凶犁长老智谋绝非常人可及。守护禁制看起来越简单,我们越要小心提防其中是否有陷阱。毕竟,千辛万苦夺来的龙马,守卫怎么会这么马虎?"

听得小言这一番解释,灵漪儿想了想,觉得很有道理,便再没什么异议。

当下,生怕夜长梦多的四海堂堂主探出手去,将还在海水里吐泡泡玩的琼容一把从浅滩中捞起,然后各自施术烘干身上衣物,一路东张西望、摇摇摆摆,做出一副专心观赏海岛风光的模样来。

这样的观光赏景,开始时还只是为做做样子,只是慢慢地,这几个少年便被吸引到海岛风情万种的旖旎风光中去了。徘徊于蓝天白云之下,流连于碧海银沙之上,这几个神清气爽的少年一时忘了归途。

不知不觉,便已到了黄昏时分。沉到海面风波之中的落日夕阳,在澄碧的波涛中拖曳出逶迤万里的红色霞光;红彤彤的夕日在霞涛中载沉载浮,仿佛对这浩渺的碧海恋恋不舍,久久不愿离去。熠熠荧荧的霞波,飘飘荡荡涌到眼前的海滩上,便仿佛推来许多流动的丹朱,将银白的海沙染得一片嫣红,于是远远传来的几声缥缈钟音,也洒入这流金溢彩的斑斓落霞中。

面对这难得一见的海岛落日奇观,小言和几个女孩全都在海边礁屿上

看得入神，一时竟忘了说话。远远望去，夕阳下这几个沐浴在霞光中的少年就仿佛水畔几只互相依偎的幸福水鸟。

在夕阳中脉脉无语，浑不觉时间从身边悄悄溜去。又过得良久，小言最先清醒过来。

回想起那几缕钟声，也不知有何寓意，他便赶紧起身，然后拉了拉身旁蜷足在礁岩上的灵漪儿与雪宜，示意她们现在应该回返。于是几人从海边恋恋不舍地离去，一步一回头地朝先前的来路行去。

第十六章
三天神魔鬼，一剑归去来

等回到住处，小言才知道先前传来的钟声的含意。原来此时正到了晚饭时间，虽然这些三山五岳的魔灵已有些修炼到不食烟火的地步，但这回难得聚会，大家便都聚集到潮汐退去的海滩上，燃起熊熊篝火，开始烧烤起食物来。现在整片海滩上都洋溢着各式各样的欢声大笑。

为免魔人起疑，小言并未回到房中，而是直接和灵漪儿几人加入到了这场风格粗豪的篝火晚宴中。今晚这个时候，他们已经不愁没人搭理。才踏上海滩，赤虎山神、犀牛怪便呼朋唤友而来，和小言几人攀谈起来。

就在海滩晚宴进行得热火朝天之时，小言并不知道，脚下魔岛一处状似牛角魔盔的暗红巨堡中，有两人正在一间偏厅中议事。如果此刻小言能在一旁窥伺，听到这段对话内容，定然会吃惊不小。只见凶犁长老身前有一位灰袍老者，正略略弯腰，跟凶犁恭敬地问道："天魔大人，不知那少年现在怎样了？他们有没有将龙马盗走？"

"嗯，这个我也不知。"听到属下这句问话，凶犁长老并未解答。

面对属下兼老友露出来的惊讶神色，凶犁长老一笑，伸出右掌朝空中轻轻一拍，便让虚无一物的空中飘起一个暗红的火影。只在空旷偏厅中悠悠

荡荡飘舞的淡影,看上去依稀是一只眼睛的形状。

"荒挽,我并未在他们身后附上'天目'。那四渎少年非比寻常,有丝毫风吹草动,定然瞒不过他。"

"哦,原来这样。"

名为荒挽的灰袍老者一想,也觉得有道理,便不再作声。作为魔族中身份较高的天魔侍者,荒挽知道,他随侍的这位第四天魔王,还有一个称号,名叫"多目天魔"。如果他暗附目影在那少年身后,则他们的一举一动皆逃不过长老的眼睛。

沉默了一会儿,便听到门外隐隐约约传来夜宴魔怪们喧闹的声音。听到魔族特有的叫嚣,凶犁长老打破沉默:"荒挽,我想那少年应该已探到龙马所在,即使当时不敢轻举妄动,现在也该动手了吧?"

"天魔大人所言极是。"荒挽听了凶犁长老之言答道,"为了让四渎早些把龙马取回,那些防护形同虚设,现在大多魔众又在海滩聚会,正是动手良机,那少年极为机敏,又怎会轻易放过。"

"哈哈,正是如此!"

凶犁长老听得此言极合他的心意,便哈哈大笑起来。任谁也想不到,这位前后筹划两三年,不惜触怒四渎龙族的魔族长老,得手之后竟一心想让四渎龙族再把龙马夺回去!

原来,他先前那番辛苦盗马,与其说是为魔族增添战骑,还不如说是因为自家小魔主与四渎龙女交恶,逼着他去四渎盗马,好让龙族小丫头难受。

只是,见多识广的多目天魔知道,那个看似老朽的四渎老龙云中君,其老谋深算程度并不在自己之下。即使以自己魔族势力之盛,最好也不要轻易触怒他。昨天那位懂得驱动天星之力的少年英杰,显然便是老龙派来的。见识过少年实力,尤其是惊人胆识,凶犁长老更加认定,这回一定要顺水推舟,就此把龙马送回。反正龙马已经盗来一次了,小魔主也该消气了。

他这番息事宁人的想法,若是落在旁人眼中,却不免会觉得不可思议。想他前后经营数年,从虎穴龙潭之中盗走大量他族生灵,那是何等艰辛,现在只不过一个念头,就要把成果轻易拱手让人,若是一般人见了,不免会惊叹魔族行事果然匪夷所思、骇人听闻。

对答完,议事偏厅中重又恢复安静。两人俱都沉默,只等着有发现龙马失踪的手下前来回报。

只是这样的静待沉默并没持续多久,两位状似瞑目入睡的魔灵突然睁眼,互相对望一眼,不约而同地讶声说道:"不对! 那龙族少年心思机敏过人,见了形同虚设的守护,又怎么会不心生怀疑?"

两人几乎同时想到,先前几乎撤去全部守卫,很可能是弄巧成拙了!

只不过,这点小小失误又怎会难倒智识过人的魔族长老? 略微一想,凶犁长老便说道:"荒挽你留在此处看守,我现在就去东南绿岛,重新布置一番。"

说着话,他便要抬脚往门口迈。正在这时,却忽然听到门外传来一阵环佩叮咚之声,然后就见原本暗淡暝晦的石厅门口,突然间霞光大盛。

见光影传来,凶犁长老与荒挽一起往门口望去,只见一片亮紫霞光中,一位霓锦绚烂、水佩风鬟的女子,正威仪无比地立在厅门旁。两条流光溢彩的红色绫带,浮动飘摇在她身侧两旁,正散射着缤纷耀眼的毫光瑞气。

见得这位神光绮丽的盛装女子,原本从容不迫的凶犁长老,却猛然一怔,然后心下暗暗叫苦道:"罢了! 怎么这节骨眼儿上,她却来了?"

心中叫苦,动作却不敢怠慢,凶犁长老当即和荒挽一齐躬身施礼:"魔洲凶犁、荒挽,恭迎魔主云驾!"

见他们毕恭毕敬,紫发垂腰的美貌魔女脸上却似笑非笑,双目直逼凶犁长老问道："凶犁叔叔，怎么今日我来，您只缩在这屋子里不去接我？现在您又是要去哪儿重新布置？要不要我陪你一起去？"

说到最后，口鼻娟挺的紫发魔女口气已变得十分严厉。见她这么说话，原本从容淡定，似乎一切都在掌握之中的第四天魔凶犁突然间面如土色，只顾在那儿吭哧吭哧，连一句完整话语都说不上来！

且不说凶犁长老冷汗涔涔，再说小言与灵漪儿几人，和魔族中人应付一番，便回到丹苑中休息。

约摸等到寅时之末，看着夜色最浓重的时候即将过去，黎明就快到来之时，小言便和灵漪儿等人悄悄起来，在黑暗夜色中朝藏匿龙马的东南绿岛悄悄潜去。

这一回，不等到绿岛附近，小言便和灵漪儿几人施法早早地潜入海水中，朝绿岛所在的大致方位悄悄潜去。

大约用了半炷香工夫，绕过海底好几座礁岩，兜了一个大圈子之后，他们才终于靠近绿岛。

潜隐在微微寒凉的深碧海水中，小言朝昨日探察的那堵淡紫火墙看去，打量了良久，与灵漪儿在水中相视一笑，在心中忖道："果然不出所料！"

原来，昨天看到的这堵淡紫火墙似乎平淡无奇，但现在从夜幕中看去，那层淡紫的光焰中，却隐隐流动着无数条鲜红的光芒，互相交错盘缠，结成一朵朵奇丽斑斓的光之花朵。

见到这般情形，小言反倒疑心尽去。

又在水中潜伏一阵，见四处确无动静，灵漪儿便破水而出，俏立在浅滩海水之中，取出龙族异宝神月银弓，纤腰微拧，玉臂轻舒，将圆莹清激的银弓拉满，就好像一团银光灿然的月轮。然后灵漪儿运转龙族神力，那根清冷如冰的弓弦便在手捻之处凭空凝出一支晶莹的光箭。

"飕——"几乎听不出任何风声,这支光箭便倏然飞向那堵奇花暗藏的火墙。

"嘭!"只听一声沉闷的撞击,看似牢不可破的魔族护墙,霍然裂开一个大洞,那些纠结缠绕的火焰之花,遇到灵漪儿这支灿烂晶莹的光箭,就仿佛雪遇沸汤,如同潮水般朝四下退卷开去。等光箭辉芒消散,淡紫护墙已和寻常土墙一样,从中裂开一个大洞。

见此情景,小言不再迟疑,赶紧招呼一声,和雪宜、琼容飞身出水,与灵漪儿汇集到一处,一起朝空洞飞去。

"难道这事就这么成了?"

今晚之事他已筹谋一夜,认定只要破了这堵火墙,余下之事对灵漪儿来说,便已是轻而易举。

"惭愧,没承想魔洲竟是如此疏于防备。"

见事情如此简单,小言倒忽然觉得自己之前是不是太过谨慎了。

只是,这想法刚一冒出,前方却已异变陡生!

"小言快回来!"

正堪堪穿过火墙光洞,小言却忽听到前面灵漪儿一声惊叫。听到示警,几乎是同一时刻,小言便感觉到一阵赤红炎热的火光铺天盖地地向自己罩来!

"不好! 中了圈套!"

一见情形有异,小言立即知道发生了何事。只不过,虽然事出突然,这陷阱又来得如电光石火一般快,但小言仍在一瞬间便做出了最准确有利的判断。

"不必先逃。"

看着冲在前面的灵漪儿与雪宜离自己并不太远,小言立即运转太华道力,准备施术将她们卷回。

只是,等他拼力作法相救,却觉得身上原本轻便的护身魔甲突然间变得无比沉重,就好像冥冥之中接到了某种神秘的召唤,黑魔铠一下子活了起来。于是刹那之间,小言浑身流转的太华清光,就好像突然被拉进一个巨大的黑洞,充沛的道力瞬间便被吸噬得一干二净。于是原本要飞身救人的小言一下子变得像一尊石像,再也动弹不得!

"逃不了了吗?"

正当他被一股怪力相吸,无可避免地朝前方深不可测的陷阱中坠去之时,他却忽然感到两道巨力从前方击来。

"快走!"

被魔甲吞噬得几乎要失去全部神志的小言,在堕入火热深渊的前一刻,忽看到两个女孩露出几乎同出一辙的焦急神色。然后,便见她们以更加迅疾的速度朝前方坠去。

这几个转折,虽然惊心动魄,前后却只如雷霆一瞬,等小言被击落到冰凉海水中时,发现那道淡紫火墙上的大洞已轰然关闭。

在魔甲的吞噬下,侥幸逃出的小言半瘫在海水之中,不仅浑身无力,头脑中也万念俱灰。

"不如死了吧?"

不知是否是魔甲的作用,原本心性坚韧的小言,此刻竟只想着随波逐流,想着自己不如就这样被起落的潮水卷到大海深处,了却自己的性命。

就在危急的时刻,已经神志恍惚的小言却忽觉身上一松,然后便看到紧缚身心的黑色盔甲,瞬间从他身上片片解体,打横向外飞出,七零八落地飞散在海滩上。这时,他指间那枚司幽冥戒突然射出摄人心魄的光芒。

"何处无知之徒? 敢来和老宵争食!"

等小言清醒过来重新弹身站起，再听到宵芒鬼王仿佛从心底传来的话语，虽然觉得声音粗豪，却动听无比！

这时候又有一个稚嫩的声音在身前响起："我们去把两位姐姐救回来！"

小言低头一瞧，看到正是琼容满脸愤色地站在自己面前。原来乖巧的小姑娘见小言被灵漪儿、雪宜合力推出火墙，便立即如影随形般飞了出来，逃过一劫。

这时候，她的堂主哥哥也差不多是一样的一脸悲愤："自然要将她们救回！"

抖了抖手中的瑶光神剑，小言飞空而起，准备觑个机会杀进火墙。

只是就在这时，他眼前那堵淡淡如初的紫焰火墙，突然间熄灭无踪，显露出原先被遮掩扭曲的真实内景。等看清火墙消失后的场景，小言不禁倒吸了一口冷气："呀！原来他们早就如临大敌！"

原来火影消散之后，那些让小言隐约看到的龙马影像，全都消失不见了，盘踞在绿岛滩涂上空的，却是盔甲宛然的魔族兵将，成群结队、密密匝匝地排列在海岛上空，严阵以待。

在无数面色冷峻的魔兵上方，飘浮着两只火焰栅栏牢笼。刚才还在自己身边的两个女孩子，现在正被囚禁在里面。从这里看去，映照着煜煜熊熊的火笼光芒，灵漪儿与雪宜脸上神色凄婉焦急，正不停地朝这边注目示意，似是在说自己没事，让他和琼容快快逃离。

见得这一情形，小言心如刀绞。等情绪略略平静，他才注意到在灵漪儿、雪宜囚笼旁边，正飘浮着那位凶犁长老。任谁也想不到，前天他还和自己谈笑风生，似乎丝毫不知自己来意。

此刻凶犁长老见小言向自己这边望来，便朝小言一笑，大声喝道："好个胆大妄为之徒，竟敢来犁灵骚扰！"

一言喝罢,凶犁长老回身一揖,恭敬地说道:"禀魔主,凶犁幸不辱命!"

直到这时,小言才发现在凶犁长老身后,还飘飞着一位神采宛然的锦裙女子。一看到她四下飞舞的亮紫发丝,还有脸上那两颗紫水晶一样的眼眸,小言便忍不住勃然大怒:"原来又是你!"

原来那个连凶犁也要恭敬相对的女子,正是几个月前,在瑶阳镇上莫名出现在自己屋中的暴躁女子。今日一见,看她满脸坏笑,显然又是刚才这个陷阱的主谋。

只不过,虽然心中怒气勃发,但形势逼人,小言也只好暂时忍住。

平息了一下动荡的心神,小言竟深施一礼,恭恭敬敬地恳求道:"凶犁长老在上,今夜是小子无知,冒犯威仪,还请长老看在我等后生小辈的分上,就此放过我那两位朋友,今后我们保证不敢再来打扰!"

听得小言这话,大军之上黑袍飘飘的多目天魔凶犁嘴唇动了动,正要说话,却不防身旁那个小魔主一下子冲到自己前面,冲那小言得意扬扬地吐吐舌头,扮了个鬼脸,然后毫不留情地呵斥道:"你还敢帮小龙说话?今日本宫抓了就抓了,还要一直把她们关到死,你能把我怎样?"

说到最后,也不知想起什么,魔女忽然一脸怒容,龇着一排玉牙就像要冲过去把小言一口吃掉。

见如此,再看看面前潮水般的魔兵,小言也知事不可为。又听魔女那话说得可恶,小言往后退了退,也忍不住回嘴道:"你若是敢动她俩一根毫毛,我就会将这岛扰得天天鸡犬不宁!"

说着话,小言便祭起瑶光神剑,朝远方一处林木山石轰然击去。尘烟散尽,远处临海的峻岸山崖,已被他削去大半个山体。

见哥哥出剑,眼泪汪汪但一脸怒容的琼容,也将手中朱雀刃召唤化成两只火焰纷纷的巨鸟,准备向眼前敌阵扑去。只不过刚要出手,她便被小言一把拉住。

"琼容，我们走。明日再来！"

说着话，小言便将一道清光击在琼容身上，扯着她一起从海路迅速遁走。

身后，似能洞明未来的凶犁长老，看了看身旁被小言气得七窍生烟的小魔主，只好凑趣冲着小言遁去的方向胡乱叫骂："哈！两只长离鸟，一树短命花，何敢大言不惭？"

不知是否因听到了这话，海中那道微微一线的水路竟突然一乱，然后便隐匿无形。

这句骂完，凶犁长老好说歹说，把满脸通红、拳头乱舞的小魔主劝住，着魔兵护送她回岛上的火离宫休息去了。

"什么明日再来？不过是虚言恫吓罢了。"

想想小言刚才的威胁话语，凶犁长老哑然失笑，心中很是不以为意。只不过，心中仍是想：大约几天之后，自己便要面对滚滚而来的四渎大军了吧？到那时，才要真正头疼了。

瞅瞅两只被魔军护在中央的火笼，凶犁长老忍不住暗暗叹了口气，然后袍袖一甩，卷起海滩上那几片零落的黑色魔甲，自回岛上魔堡去了。

经过这一番喧嚣，不知不觉已是天光大亮。此时那些才从梦中醒来的赴会魔灵，都还不知道岛上已发生了一场大变故。那位赤虎山神，看着窗外透进的日光，还在琢磨着今天要不要再叫上青犀老弟，一起去拜访言谈风趣的少年恩主。

这天匆匆过去，海外魔岛上的气氛依旧热闹而祥和。那些明知变故的灵洲魔人，都认为至少要等到几天之后，才可能面对整装而来的大队敌手。既然这样，那还不如按部就班地把这场为期三天的魔洲大会办好。

这日傍晚，目送着三山五泽的魔友各自飞空而去，凶犁长老心中的一块石头才算落了地。久负盛名的魔洲大会终于安然完毕，接下来就可以考虑该怎么面对四渎龙族的军力了。

是战，是和？这一切还要看小魔主的心意。

这晚落日没入海隅，暮色笼罩四下洲岛之时，凶犁长老在魔堡中来回踱步，心中苦思着各种对策。空旷的石筑魔堡中，回荡着一声声沉重的脚步。

正在这时，忽听一阵咚咚的脚步声由远而近，似有人正从外面急急奔入。

"荒挽？"等看清来人面目，凶犁长老好生诧异。因为他座下这位魔侍向来心思沉稳，步履从容，从没像今天这样惊慌失措过。否则，他又怎会听不出是他的脚步声音？

"出了何事？"见荒挽这样惊慌，凶犁长老心知不妙，赶紧出言相问。

听他相询，荒挽来不及平静心气，带着喘声急急说道："不好了，小魔主不见了！"

"啊？"乍听此言，凶犁长老也是吃了一惊。

只不过略略愣了片刻，他却觉得座下魔侍不必如此着急："我说荒挽，那丫头你又不是不知道。她向来神出鬼没，不见了才算正常！"

"咳咳！"听他这么说，荒挽神色却仍是焦急无比，喘了两口气颤声禀道，"长老，不是的！这回连她的座驾都说找不到她丝毫气息踪迹！"

话音未落，便有一团紫色云霾从外飞来。凶犁长者一看，正是小魔主莹惑座下的紫云车。现在紫云车那张有些混沌不清的脸上，正是一副哭丧相，他跟眼前德高望重的长老禀报道："长老，魔主她是真的不见了！"

"哦？"一向知道小宫主事迹的凶犁长老，直到此时仍有些将信将疑，"即使那少年胆大包天，又怎能轻易把莹惑劫走？要知我族秘技天魔之力，善能操纵天地间的混沌本源之力,听说小魔主近来已有小成。即使是我自己,若不出全力,光凭火乱之力,一时半刻也是胜她不得,那个龙族少年又怎会……呀!"

不知怎么,想到此处凶犁长老忽然记起小言前晚那番顺天应时的言论来。小言那手似蕴至纯至顺之力的清色光气,现在如在眼前。这一下,凶犁长老也不禁有些惊慌起来。

正在这时,忽又有一魔兵奔来相告,说魔主住宿的火离宫附近海滩上,浪涌如墙,经久不散。这个节骨眼上听得这异状,凶犁长老不敢怠慢,赶紧和荒挽、紫云车一起前去观看。

等到了那处海滩,果然看到浅滩海水中立着一片水幕,如镜如墙,任旁边潮水怎么冲刷都屹立不散。

"东海龙族的圆灵水镜?"

现在看到什么,凶犁长老都往龙族身上想。

"施出这样的法术,应该是来传话的。"

心里这般想着,凶犁长老便凝目仔细朝那水镜中看去。

这一看,果然在其中发现两行隐约的文字。等把这段话读完,饶是身为坐镇一方的魔族天魔,凶犁长老也禁不住大惊失色,心中所想立即脱口说出:"没想到,这少年竟胆大妄为到如此地步! 他竟连明天也等不及!"

凶犁长老不禁跺脚大叹。想起小言出其不意的狠辣手段,他便再也不敢有丝毫怠慢,袍袖一扬,拂散那片矗立如墙的水镜,然后叫上那团紫色云霾,一道云光径往西南飞去。海滩上,留得荒挽等一众魔人面面相觑。正是:

紫云漠漠照水青,

纤腰相对斗娉婷。

潮头试问灵洲老，

尔是参商第几星？

第十七章
暗室欺心，观我当头棒喝

　　按《神异经》记载："东南海中有烜洲，洲有温湖，鳐鱼生焉。"颇负盛名的烜洲温湖，正在犁灵诸岛中。只不过烜洲中原本露天的温湖，现在已经被围在魔族筑起的火离宫中，成了小魔主莹惑的离宫内湖。离宫中这湖富含矿物质的汤泉之水，一年四季都咕嘟嘟冒着巨大的水泡，呈现出浓烈的赤红之色。和四周宫殿晶润的白玉石料一对照，便营造出一种迷离的情调。

　　那位失踪的小魔女莹惑，半个多时辰前还在离宫温湖中洗沐悠游。

　　半个多时辰前，在热气腾腾的天然温汤中，莹惑将肌肤浸成嫣红的颜色后，才心满意足地飞出温泉，将身子泡到湖边一个注满清水的白玉池中。

　　这个专为莹惑准备的白玉池，安置在地表之上。池的边沿，搭着一根青竹管，从别处引来的甘碧凉泉，永不停歇地流入白玉池中。在白玉池底部的侧壁上，开着一个恰到好处的小孔，与竹管引来的清泉水量相对应，将多余的池水从中排出。这样，白玉池中的一池活水，便始终保持在将满未满的状态。

　　从热气滚滚的温湖中出来，再浸到清凉的泉水中，紫眸小魔女正是惬意非常。白玉池边高低掩映着颜色鲜艳的黄花绿叶。洗净身上的尘霾，再看着满眼的浅翠娇黄,莹惑便觉着无比舒爽快意。舒服地叹了口气,再想想今天做过的得意事,这个唯恐天下不乱的小魔女莹惑,便乐得忍不住哼起歌来。

感受着清泉滑过粉嫩肌肤的凉意,莹惑咬着嘴唇,在心中愉快地计划道:"今天早些洗完,赶紧去羞辱羞辱那条黄角小龙!"

这一回,靠着魔力高强的凶犁叔叔,终于将那可恶的小龙女逮住,莹惑心中正是得意非常。如果说此刻还有些遗憾,便是那个可恨的少年,可恨之余身法竟还如此滑溜,还没等自己催凶犁叔叔出手,便像一条泥鳅一样咻溜一下逃得无影无形。不过……

"哼哼,过会儿我倒要好好问问小龙,问问她这好伙伴,除了脚底抹油、奋不顾身地逃跑之外,怎么对她有情有义!"

一想到这儿,莹惑似乎浑身都兴奋起来,再也耐不住性子慢慢悠悠地洗浴。只是,正当她就要破水而出之时,却发出哎呀一声惊呼,刚要探出池沿的身子猛然缩回到清水中去!

"什么人?"就在刚才那一瞬,灵觉过人的小魔女忽然感到一阵让人毛骨悚然的寒意。

"莫不是错觉?在我沐浴之时,谁又敢靠近离宫半步?"

虽然心中惊疑不定,莹惑一边朝四下乱看,一边迅速隔空从旁边花架上取来衣裙,在飞出水池的瞬间即已穿戴在身。

忽听到一个冷冷的声音,从玉池旁边的绿树花架外响起:"别找了,是我。"

随着这声沉静的回答,一阵阴惨惨的黑雾,朝莹惑漫卷而来。原来小言正以他清醇无比的太华道力,全力施展宵芒所教的那些惑人法术。

见到小言施法,而且还是看似不入流的小法术,刚还有些慌乱的小魔女反而镇定下来。甚至,黑霾漫来将自己吞没之前,这个胆大出格的小魔主莹惑还在脑海中转过几个念头:"我是该施法化解,还是索性装着让他镇住,然后看看他到底想干什么呢? 好像倒蛮好玩的呢……"

唯恐日子平淡的无聊小魔女,竟琢磨着是不是要配合一下,假装晕过去,让小言将自己抓走。

一番转念,打定主意后,莹惑便准备暂时放过嘲笑小龙女的宝贵机会,决定自己暗地里悄悄化解小言的三流法术,表面上则装出一副被迷倒的样子。只是,等她运起魔域皇者才能拥有的混沌天魔之力对抗时,却在黑雾临身之际,只觉眼前一黑,嘤嘤一声软软倒下,不省人事。

见自己法术奏效,小言心中暗叫一声"侥幸",然后便袍袖一卷,将昏迷的莹惑卷来,不顾轻重地夹到自己胁下,便准备逃掉。这时候,琼容乖巧地跑到温泉离宫侧门边,小脑袋朝四下探了几下,用心观察了一阵,才回头打着手势,让堂主放心通过。

"呼! 真厉害,终于偷到了!"

在一声真心的赞美声中,机智勇猛的兄妹二人借着四渎神术瞬水诀,迅速朝茫茫大洋的海阔天空处逃遁而去。

小言这一番出其不意的举动,自然让魔洲一片大乱。原本按魔族中人的想法,那些正道中人,自然应该堂堂正正地前来对阵。先前这个应是龙族后起之秀的少年,借着魔洲大会的机会想来趁乱取回龙马,就应是他们的极限了。谁承想,就是这样一个言辞清雅的神道少年,竟然会施出这样不入流的手段。不少知情的灵洲魔灵全都有些哭笑不得:"这样不按常理出牌的手段,不应该只是我们魔族才喜欢用的吗?"

不管怎么说,小言当天傍晚这一番大胆的偷袭,无论从时间、地点还是对象上,都极其出其不意。这样的出人意料不仅让他轻易得手,也让其后魔洲上一片人慌马乱。大约半个时辰后,凶犁长老、荒挽等人便看到了小言施法涌到海滩上的那片水幕浪墙。被猜作东海圆灵水镜的浪墙上,用法术显示着短短几行字迹:

长老见字如晤:

　　失却之人今在我手,请善待吾友。

　　五日后再约交换之所。

——无知小辈　字

这番话语表面客气,却暗藏威胁,当下老成持重的凶犁长老不待吩咐只言片语,便急急驾起一道云光直往西南飞去。在他走后,荒挽便赶紧将灵漪儿和雪宜放出火笼,好生看管在两间净室之中。

因事关重大,凶犁长老此刻正急着赶往魔都,将此事禀报魔君。

凶犁长老云光所向的魔族发祥之地魔都在八荒之外。当时的天下地理,人烟稠密的中土之外又有广袤的荒芜之野,名为八荒。八荒之外,又有八纮。八纮西南,又称作僬侥炎土。刚才被小言胡乱掳掠的魔女莹惑,便来自僬侥炎土的魔都。

在遍布熔岩晶石的黑红绝域魔都,又有一处地方永远被宛如夜色的黑霾笼布。现在第四天魔凶犁长老,便拖着紫云车一起来到了阴霾笼罩下的魔都宫殿中。进入魔君所在的黑暗宫阙,站在巨大的穹隆下,身形高大的凶犁长老一时竟显得极为渺小。

急急赶来的凶犁长老,到了空无一人的殿堂中,却一语不发,也不四下张望,只管神色恭敬地等待。他头顶上的那片魔殿高穹,则仿佛是从天空截来的一片星空,深邃幽窈,星光烂然。

等了许久，这片宛如冥夜黑渊的穹顶中才响起一声洪亮而低沉的话语："嗯，此事我已知道。"

这声似乎贯穿八荒八极的威严话语，仿佛只在凶犁长老一人耳边响起。听过后躬身一礼，静默了片刻，凶犁长老耳边响起一个娇媚的声音："那，我的君王，你可知惑儿何时归来？"

这声柔媚悠长的话语，正是莹惑母亲魔后的声音。

听她问起，魔君威严的声音变得稍微和缓，静谧片刻后才有些惊奇地说道："这世上，也有事情是我预测不到的吗？嗯……这样也好。若是什么事情都预先知道，也太无趣了……"

令人惊奇的是，高高在上的魔族王者，千百年来一直兴致缺缺，这一回却似乎被什么勾起了兴趣。

虽然丢失小宫主的事情十分严重，但听魔君淡然处之，凶犁长老也就不再多说。稍后，他又呈上了小言丢弃的那套黑魔铠甲，这时隐身于星空暗影里的虚无之君才似乎真有些动容。

拿冥冥中的幽冥之目盯着那件黑魔甲胄，看着它在空旷殿堂半空中缓缓翻滚转动，良久之后，魔君低沉的声音才从天空中慢慢传来："我的小妹，你终于回来了……"

第十八章
藏身草堂，收拾秋水春云

现在小言和那个同样不知害怕为何物的小丫头琼容，正急速穿行在冰冷幽暗的海水中。

小言抓住莹惑从水路逃遁时，天已经快黑了。当西天的红日终于落入海水之下时，巨大的黑幕便笼罩了茫茫的海洋。这时候小言头顶上的海水，还残留着白天的热度，但潜在海面浅层以下的他，只觉得身边的海水寒凉透骨。

夜幕笼罩，大海无边无际，咸涩的海水中漆黑一片，宛如幽冥，甚是可怖。只是，逃亡中置身于淹没一切的黑暗夜色，倒让小言觉得格外亲切。在水中急速穿行，偶尔转头往身边看看，便见到琼容神色肃穆地紧紧相随。看到琼容柔和的脸庞上满是坚定，原本一腔悲愤肃杀之意的小言忽觉得心头一阵温暖，不知不觉中喉头竟有些哽咽。

心情略有动荡，小言便下意识地夹了夹手臂，将自己胁下的魔女夹得更牢。

就这样在冰冷漆黑的海水中疾速前行，直到头顶的水色渐渐明亮起来，这两个掳掠逃亡之人，才逐渐接近他们的目的地。

原来此行小言打算要隐匿躲藏的地方，正是西南海口附近大荒之中的一处浩大水泽——灌泽。

从灵漪儿、雪宜身陷魔族，到傍晚小言、琼容断然掳走魔族小宫主，这期间只不过六七个时辰。但就在这短短半天之间，小言已筹划好所有的进退之策。这处灌泽，正是前日闲聊时，从赤虎、犀牛两个山泽野神口中得知的。

自从起意掳掠一个重要魔族之人作为人质后，小言就一直在琢磨，劫人之后如何才能躲过神通广大的凶犁长老的耳目。既然是虎口拔牙，那之后的逃跑事宜自然要格外重视。他琢磨半天的结果，便是决定躲藏到一处沼泽湿地中，靠着瘴雾水气，躲过火属法力无比高强的凶犁长老的耳目。

打着这样的算盘，当小言见眼前的海水逐渐由蓝转青，然后又渐渐变得赭红之时，便知道自己已快接近目的地。一路水遁，从南海绕道，行至陆上红河的入海口，再沿赭红的河水逆流而上，不多久，他们便来到西南大荒中这处广大的沼泽湿地——灌泽。

万里迢迢而来，等接近这处水汽弥漫、草木蔓生的沼泽时，小言一直紧绷的心神终于可以略微松弛下来了。

哗一声破水而出，从一处水草稀疏的地方跳上岸，小言便看到眼前低沉的雨云之下，一大片阔叶绿林遮天蔽日，其中有浩大的水汽如狂风般扑面而来，恍惚间似乎要把人冲个趔趄。

刚才小言、琼容溯流而上的红河只是从灌泽边缘经过，带走些水汽红沙后，便拐了个弯朝上游蜿蜒而去。到了灌泽，小言夹着莹惑，踩踏着半浸水中的青草地，和琼容匆匆往沼泽深处行去。

初次在沼泽中行走，小言和琼容尽管身法都敏捷非常，但仍是高一脚低一脚，走得颇为狼狈。当然，虽然偶尔有些暗藏凶险的沼泽陷窝，但对小言、琼容来说，也绝不会造成致命的危险，最多陷一下踩一脚烂泥，稍一提气便又纵了出来。

这时大约是上午辰时之末，正是这处荒芜沼泽最富生机的时候。湿地中到处蔓生着葳蕤草木，肥大的绿叶正贪婪地吸入充满泥腥的水汽；绿得淌得出水来的葱茏草木间，飞舞着无数的虫蛾，正寻觅着自己的食物。在它们之下，暗绿色的沼泽水正以一种难以察觉的速度缓缓回转流动，浸泡着水底腐根烂草，不时噗噗地冒出气泡。

第一次置身于大泽，对小言、琼容二人来说，最奇特的还是一路上见到的那些鸟兽。在这样人迹罕至的沼泽草路中行走，一路上他们竟没惊动草泽中出没的鸟兽。也许是因为往常很少见到人迹，这些鸟兽见到小言他们并不害怕。有一段路程，甚至有一大群雪白的鹭鸶水鸟跟着他们边走边舞，回望过去白花花一大片，煞是壮观好看。

与饶州、罗浮山野湖泽中的鸟兽不一样，眼前灌泽中的这些水鸟，除了这群雪白的鹭鸶，其他的都色彩绚烂、毛羽亮丽，为满眼浓翠淡绿的沼泽添上了别样的色彩。当然，在生机勃勃、草木蒸腾的沼泽中，也有些凶猛的野兽出没。只不过这些蛮荒之地的畜类，似乎也很有灵觉，远远闻到这几个生人的气息，便都耷拉下脑袋悄悄地往远处退避。

这处犀牛怪提到的南荒灌泽，果然十分广大，走了约有一个时辰，小言才看到一个适宜藏身之处。就在前面不远处，有一片水草包围的林地，林地之中，在绿叶掩映下露出一角茅屋。

再走近些，大致看到茅屋全貌，发现屋顶成陡峭三角的模样，想是为了让雨水能够顺利流下。茅屋所在的这片水中林地，就仿佛一处孤岛，清澈的溪水包围四周，从一段横倒的树干上缓缓流过，带起一蓬蓬柔绿的水草。

看来这处灌泽也不是全无人迹。那座尖顶茅屋，应该是当地土著猎户来沼泽雨林中狩猎时的歇脚之地。

瞧见现在溪水涨起，淹没了那段很可能被当作路桥的断木，小言便猜测茅屋内应该暂时无人居住。这么想着，他便招呼一声，夹着莹惑，如大鹏般掠起，在四下漫流的溪水上点水而过，和琼容一起来到林间屋中查看。

不出他所料，草庐中有些粗陋的器具，全都沾满尘灰蛛网，看来屋主人已经很久没来居住过了。于是在满耳水鸟林雀的啼叫声中，小言将莹惑放在屋中空地上，打算把这个草庐当作今后几天的落脚之处。

也不知过了多少时间，昏昏沉沉的魔族小宫主莹惑醒来后，便发现自己手足酸软，浑身都动弹不得。

"我这是在……"

悠悠吐了口气，莹惑看了看四周，看到那个正盯着自己看的少年，便一下子清醒过来。等想起之前的事，莹惑却有些迷惑起来："奇怪，为什么我刚才就像睡着了一样？这小贼迷我之前，我不是施法抗拒了吗？怎么现在什么都记不起来了？"

恢复记忆的小魔女大惑不解，原本她运起天魔之力抵抗，想暗地里保持清醒，但很显然，并没有成功。现在醒来，不仅觉得浑身乏力，额头上还隐隐作痛。

歪着头又思忖了一会儿，莹惑才突然醒悟过来：现在哪里是发呆的时候！

于是，蜷腿斜跪在地的小魔女便拿出了往日的威风，冲紧紧盯着自己的少年威风凛凛地娇声叱道："好妖道！你都对本宫做了什么？"

听她这一声中气十足的话语，小言顿时松了口气："还好，原来没死。"

说完这句，也不管莹惑听了是什么感受，小言便老实地告诉她："你问我做了什么？咳咳，既然我是妖道，自然就要下符下咒了！"

一听此言，莹惑赶紧低头看，果然看见自己两腿脚踝上各贴着一块薄树皮。那浅黄若纸的薄树皮上,似乎用紫色果汁画着一道道稀奇古怪的图案,一看便知是人间道门善用的符箓。此时树皮如绢,莹惑玉足晶莹,搭配起来倒也蛮好看。不过这时候,莹惑才没什么兴趣欣赏,看了看这两张材质粗糙的符箓,她冷笑一声,撇着嘴一脸不屑地嘲笑道:"呵!这样破烂的符咒,还想困住本宫主!"

说着话,还没等好心的琼容来得及提醒,已觉得完全恢复过来的小魔主便努力一挣,想像往常一样飞身而起,作法击打没礼貌的小言。只是,莹惑才一挣动,脚踝上那两张牢牢贴附的树符便清光大盛,霎时就像烈阳照雪,将她好不容易凝聚起来的天魔之力消融得一干二净!于是吧嗒一声,才挣起来一点的小魔女,一下子又跌回了地上。

见到她这样狼狈的模样,小言顿时放下心来,大笑一声道:"哈!还是乖乖地待着吧。甭管是破符还是烂咒,只要能困得住你就行!"

说罢,他自顾和琼容收拾屋中器具去了。此后恼怒交加的小魔女,则"混蛋""无赖"地骂个不断,骂声在草庐中缭绕不绝。只不过这些对小言毫无用处,当年他在饶州市井间,也不知见过多少更恶劣的无赖泼皮。现在莹惑这怒骂用词重复、毫无新意,听多了他只当她在念牙疼咒,毫不在意。

就这样吵闹了一会儿,怒冲冲的任性小魔女终于发现自己这辱骂毫无效果。无论自己怎么说,那家伙只装耳聋,毫不生气;反倒是自己,直吵得口干舌燥,虚火上升,实在不值。威镇魔域的小魔女也是果决之辈,一想到这儿,口里骂声戛然而止,一下子就安静了下来。转变之快,倒让两个忙碌的身影停下来,奇怪地看了她这边一眼。

等安静下来后,再看着小言不为所动的样子,莹惑倒也在心底暗暗称奇:"瞧他这装聋作哑的功夫,娴熟至极,恐怕凡间这些清修之派,倒还真有些稀奇!"

　　闭着嘴想了一会儿，原本来寻新鲜的小魔女便觉得有些无聊了。她原想看看有什么新鲜事，谁知现在弄得连个说话的人都没有。

　　闲坐无聊之时，莹惑不免开始想自己为何会被这个少年轻易困住。与凶犁长老不同，莹惑注意灵漪儿已久，顺带知道小言只不过是一家道门的小道士。正是因为知道这一点，莹惑才格外迷惑，须知即使是人间最杰出的少年英杰，若与她交手也还是不堪一击。

　　"难道他上次被我戏弄之后，便去修习了什么邪术，故意想来克我？"被事主冷落的人质，在一隅不住胡思乱想起来。

　　南荒中的白昼湿热而短暂，这样喧闹的一天不知不觉就快结束了。当烘烤沼泽的白日坠落西边时，头顶似乎永远低沉的雨云也悄悄散去。等四下草虫与水蛙的鸣唱交织到一起，星光闪烁的夜色也就降临到了雨林。

　　从闷热的屋中出来，小言和琼容就着青瓢中的泉水，啃食从林中采来的木实。这时候他们的重要人质，自然也从屋中被卷出，倚靠在一株巨树气根底部，方便小言二人监视。

　　喧嚣的一天终于要过去了，似乎一切事情都按着事先预想的顺利进行。望了望旁边那个满目怒火的小魔女，小言仿佛看见一股清泉，原本焦急的心趋于平静。

　　只是，就在这个宁和的时刻，在四下虫蛙混杂而和谐的鸣唱声中，小言却突然听到清晰的滴答声。

　　"嗯？"等诧异的小言转头看去，才看到整天一直跟着自己忙碌的小姑娘，此刻却变得很安静，正捧着那只盛水的青瓢怔怔出神。

　　满天星光下，小言看得分明，琼容双手捧着的青瓢中，正轻轻摇漾着几圈细细的涟漪。

　　"哦，原是琼容哭了。"

也就在小言看来之时，心思纯净的小姑娘忽然泪流满面，晶莹的泪水夺眶而出，在两边面颊上无声地滑下。

"我，我想雪宜姐姐……"

星光夜影中，听天真烂漫的小女孩抽抽噎噎地说完这句话，一直坚忍应对的四海堂堂主，这时也终于忍不住怅然而悲。

第十九章
剑气初沉，魂已消于云浦

满天星华下晶莹的泪水，并没让小魔女感同身受。

从昨晚到现在，莹惑就憋了一肚子气。现在见小言与琼容黯然相对，她只是冷哼了一声，便准备出言奚落。只不过她才要开口，还没来得及将话说出，小言便突然抬手，头也不回地朝这边一甩袖，手中的半只木瓜脱手飞出，无巧不巧地正飞入莹惑口里，将她的小嘴塞得满满的，立时把她满肚子的冷言冷语都堵回了肚里。

小言飞来的木瓜着实不小，小魔主好一阵嚼咬，才勉强吃完。等莹惑重能开口，小言早已安抚好琼容，两人重又默默地吃起木瓜来。

见到这样的情景，莹惑只觉得憋闷至极，唯一让自己觉得有些宽慰的，便是白天叱骂得喉咙生烟，半空飞来的木瓜正好解渴。只是，她木瓜刚刚吃完，小言就走了过来，挥手在她脸上一拂，然后她便只觉得一阵天旋地转，竟倚在巨树气根上沉沉睡去……

略过丛林沼泽中的夜晚，再说身陷魔洲的灵漪儿与雪宜。当初被抓后，她俩都被禁锢在火焰牢笼中，受烈火百般煎熬，很是难过。而对于灵漪儿来说，火气熏烘还是小事，她还有另外的担心。这一回，自己不小心中了圈套落入莹惑之手，自然免不得要被她冷嘲热讽。这点对于同样骄傲的四渎公主来说，更加难以忍受。

只不过这样的担心并没变成现实，直到当日傍晚，那个伶牙俐齿的骄横小魔女都没过来。她们在火栅中煎熬之时，倒是等来了几个黑袍魔灵，小心翼翼地将她们移入两间相邻的水晶净舍里。

让灵漪儿觉得奇怪的是，到了这两间水晶为墙的清凉囚室后，不仅禁锢她们的烈火牢笼被撤掉，那些原本凶神恶煞的魔人，还在两间囚室中各放了几本花鸟虫鱼的画册，供她们赏看观摩。唯一显出禁锢之意的，便是两个女孩仍在囚室内。饶是如此，前后一比较，灵漪儿便发现魔人的态度已经迥然有异。

见他们前倨后恭，灵漪儿、雪宜都迷惑不解，不知道这些狡猾的魔人打的什么主意。

"是不是害怕我家四渎龙族的威名？也不太像啊……"

想起这事的前因后果，灵漪儿觉得这些魔界之人一向胆大妄为，并不像寻常瞻前顾后之徒。迷惑之时，灵漪儿便又开始暗暗祈祷，希望小言能带着琼容逃得越远越好，千万不要一时糊涂，竟想折回来救她们。这般情势下，小言再回来无异于飞蛾扑火。毕竟，她灵漪儿乃是四渎龙族的公主，那些魔族一时也不敢对她太过冒犯。要不然，今晚他们也不会这样前倨后恭。至于自己如何脱困，自然会有本族的龙兵龙将死命来救。

想通这些，灵漪儿现在最担心的，反而倒是怕小言想不到这一点，不管不顾地重来魔洲自投罗网。

"小言虽然有时候有些傻傻的，但也不会这么笨吧？"

囚于斗室之中，心中惶恐的灵漪儿现在也只能这样不停地安慰自己。

与灵漪儿的愁肠百转不同，和她一壁之隔的梅花仙灵雪宜仍是一如既往的幽娴恬静。她静静地待在囚室之中，涓洁的俏靥上静穆从容，仿佛是生是死，是安是危，全都不放在心上。在她心中，始终都认为自己只不过是堂主的一个异类奴仆。无论往日小言对自己有多敬重，到了这样的时刻，最合理最自然的应对方法，便是和琼容继续前行，完成师门的任务，自己这样的卑微存在，自然应该自生自灭，不该费堂主宝贵工夫。至于隔壁那位尊贵的龙族公主，日后自会有族人将她救走。

如果说宛若冰雪的雪宜现在还有什么担心的，便是顾虑着以后没有自己的日子里，天真懵懂的小妹妹琼容会不会自己梳洗打扮，烧饭笨拙的堂主会不会照顾好自己的饮食。

两个女孩就这样在囚室中渐渐陷入各自的思绪，一动不动。囚室外矗立的山峰，则通体红光艳艳，将迷离的光影映入水晶墙壁内，让两位仙灵神女四周，永远耀动着光怪陆离的红光焰影。

略过不分昼夜的魔洲囚地，再说万里之外那几个隐遁逃逸之人。

现在，已是小言他们来到灌泽的第二天。这天早上，被掳的紫发小魔女从幽幽睡梦中醒来，发现自己仍然斜倚在大树根上，努力睁开惺忪的睡眼，便看到眼前阳光明亮。想不到，昨晚少年随手一抚，竟让她酣睡许久。等她重新睁眼时，不知不觉已到了日上三竿之时。

见自己又被少年的邪术迷住，莹惑很是恼怒，便要再找少年吵闹，只不过抬眼朝四周望去，却没发现那个可恶之人的踪迹。现在雨林小屋前十分幽静，断续的空林鸟语声中只有那个名叫琼容的小姑娘，一个人在那儿蹦蹦跳跳地玩耍。

等莹惑完全从睡梦中清醒过来，琼容恰好追逐着两三只土蜂，看它们嗡嗡嗡地逃进小屋土墙上的小洞内。见它们躲起来再也看不到，不甘心的小姑娘便从旁边地上折了一根硬草梗，开始扒在土墙上，专心致志地拨拉起那几个土蜂巢穴来。

见她只顾玩耍，莹惑又侧耳倾听一阵，确定周遭再无人迹，心中便有些疑惑："奇怪，那恶贼居然不见了。也不怕我逃跑？"

正这么琢磨着，不远处那个专心捣鼓蜂穴的小姑娘，却忽然回过头来说道："别想逃哦！这儿还有琼容呢！"

"……"

听她这口气很像是顺着自己心中所想说话，莹惑顿时吃了一惊："难不成这小丫头能看穿我的心思？"

不，也许那丫头只不过是凑巧罢了。觉着自己这个念头委实荒唐，略停了一阵，见琼容一派天真，有机可乘，莹惑便又忍不住琢磨起来："唉，这绑架一点儿都不好玩。不如就趁这机会逃了吧。反正眼前这个小丫头也不是很有本事。"

谁知道，她这念头才一起，那个只顾玩耍的小姑娘却蓦然又一回头，朝这边认真地说道："这位姐姐，虽然琼容没什么本事，但我哥哥的符咒却很厉害哦！"

说罢，她便放下手中活计，颠颠地跑过来，朝莹惑所在之处前前后后指点了一阵。

直到琼容提醒，莹惑这才发现，自己背后身前，那些漂浮的树木气根上全都画着古怪的符纹，其中隐隐有如水清光流动，显见正是那小贼专克自己的邪术法力。

见到这些宛如囚笼栅栏的符纹须根，小魔女顿时泄了气。

莹惑的直觉十分敏锐，本能地知道自己绝闯不出这座貌似不起眼的符阵。直到这时，骄横的小魔女才终于真正重视起掳掠自己的少年来。

斑驳的树影日光中，紫发小魔女水眸中一阵波动，疑惑不解地想："难道人间也有这样的道门，竟能传授出这样年轻厉害的门徒来？"

直到这时，莹惑才认真回忆起所有与少年有关的信息来：

"这小贼所在的门派叫什么来着？是上元，还是三清？"

琢磨了一会儿想不起来，她便准备从眼前这个一脸警惕的小姑娘口中套话。于是顺着刚才琼容的话，莹惑问起那恶贼，也就是小姑娘哥哥的符箓到底有多厉害。

听莹惑问起这个，琼容忽然羞红了小脸，吞吞吐吐地说起自己当年被小言哥哥用符箓逼出原形的糗事来。

听琼容说起这样的往事，正感无聊的小魔女顿时来了兴趣，更加努力地套起这天真的琼容的话来。见这个姐姐有兴趣，琼容也就知无不言了，把小言平日和她在一起的事情娓娓诉来。只是，也不知是小丫头故意留了心眼，还是本来就懵懂，一番絮絮叨叨的诉说，基本只是说些平日的生活琐事。这些在旁人看来微不足道的小事，小丫头却都觉得十分重大，一五一十地跟莹惑全盘道来，证明她哥哥平日是多么疼爱她和雪宜姐姐。

琼容不分主次、缺少重点的倾诉，最终让小魔女莹惑给这兄妹俩做出这样的评语："两个傻瓜。"

只是，这句真心的评语刚刚脱口而出，一直和气的小丫头立即变得十分生气，大声抗议道："不许骂我哥哥！"

莹惑闻言，很是奇怪："咦？为什么只是不准骂你哥哥，却不怪我骂你呢？"

听她这么问，琼容却又羞红了脸，有些不好意思地说道："因为我本来就很笨啊！"

小丫头害羞地说道："其实琼容一直都傻傻的，但还没让哥哥知道。因为我也不知道，一个笨笨傻傻的妹妹好不好，小言哥哥会不会喜欢……"

"哦?"看着小丫头一副憨态可掬的模样,莹惑出奇地没有出言讽刺,反倒顺着琼容继续听她说话。这时候,琼容又换上了一副深思熟虑的神色,认真地告诉莹惑,说她自己已经试了好多次,有时候显得聪明,有时候显得很笨,想看看哥哥到底喜欢哪一个。

"那结果如何?"听着这样纯净真挚的诉说,一瞬间这个冰雪聪明、智谋过人的小魔女,竟然也受了感染,居然无比认真地接着问了一句。

听她相问,琼容却有些沮丧地说道:"结果还没看出来。因为每次哥哥都喜欢!"

"噢!"莹惑应了一声,直到小半晌后才突然清醒过来:"咦! 这结果不是已经出来了吗? 那不就是不管这丫头笨不笨,那哥哥——呃,那小贼都不介意?"

这般想着,再看看眼前小姑娘抚着脸闷闷不乐的模样,莹惑便在心中暗暗偷笑:"嘻嘻,有时候聪明——真不知道她聪明时是啥模样!"

虽然自己想通了,但莹惑并不准备指出来。因为莹惑认为,虽然自己长得十分美貌,但还是很记仇的。

对于琼容来说,很不幸,这一回她却没能注意到莹惑心中的想法。

就这样莹惑和小丫头有一搭没一搭地说话,又看着她玩耍,偶尔替她助威加油,不知不觉,就到了午后。

当头顶树叶枝丫中漏下的日影,渐渐往东边移去时,半日未见的小言终于回来了。而当归来之人飞身跃上林屋所在的小洲时,莹惑清楚地看到,他浑身上下都湿漉漉的,正不停往下滴水。

"他去了何处忙碌? 怎么就像刚从水中捞出来的一样? 是不是失足落水了?"

正当莹惑有些快意并且恶意地揣测时,小言将手中提着的一些蔬果粮

食交给了琼容,走过来稍一施法,便将她这个宝贵人质摄入屋中。

等大家都到了屋内,小言生起灶火,准备和琼容一起煮些晚饭。

雨林小屋，平静安宁。但难得的祥和与静谧，只维持到琼容忽然开口吟诵文章为止。

一直在小言旁边搭手帮忙的琼容，在忙碌的间隙，忽然回想起前几天，做的一小段作文。那四五句文字凑得很不容易，她印象鲜明。现在突然想起，她自然要把那段咏物言志小文拿出来，重新吟诵温习。

而她身旁的小言哥哥，听了她口齿不清的吟诵，正想着如何让她说清这段词，却发现她正对着小魔女的方向吟诵。

看到这一情形，小言心下不觉一动，回身朝莹惑问道："喂，你本就住在犁灵岛？"

听小言问起，正闲得无聊的小魔女赶紧回答："当然不是！本宫住的地方岂是你能知晓的！"

憋了许久，莹惑好像从来没像今天这样喜欢说话，一见先前如闷葫芦一样的小言开口，便又赶紧接着道："哼哼，要不是本宫太无聊，想看看此次大会有什么趣事发生，我还不知道你和那小龙，已混到我魔族犁灵岛上。"

当下，她把几日来的所见所闻扬扬得意地说了一遍，末了，还顺带数落了凶犁长老几句，埋怨他竟敢阳奉阴违，暗地里还想助小言他们偷走龙马。

她这番剖白，将整个事情说得极其清楚详明，连琼容都马上明白了整个前因后果。只是，这一番清楚的说辞，对小言来说却好似平地一声雷，顿时把他震得愣在当场。

"怎么样？本宫是不是绝世聪明？"瞧见小言脸色苍白的模样，莹惑大为受用，忍不住笑吟吟地跟他炫耀说话。

只不过，此时小言却未理她。呆愣片刻后，他才缓过劲儿来，缓缓问道："你是说，整个事情的前前后后，只不过是因为你和四渎龙女有一点记不起来由的小仇，便让凶犁长老前后筹划数年，去四渎流云牧中盗取龙马，然后前日又设下陷阱捕我？"

"正是！"看着油盐不进的厚颜小恶贼现在脸上终于露出半是惶惑半是吃惊的表情，莹惑只觉得大为快慰。

现在，这个行事无忌的魔族小宫主，甚至还有些后悔，后悔为什么不早点把事情说出来。

只是，正在她快意之时，却听小言又冷冷问道："那，你为什么要这样？"

还没听出小言话语中森冷之意的小魔女，大咧咧地回答："因为我喜欢！"

此言一出，已经蓄满怒火的小言，终于像火山爆发一样怒斥道："好个无理无行无知的无良恶女！竟敢以一己之快一时喜怒，就不顾许多人安危，搅起这样大的风波来！"

贫苦小民出身的四海堂堂主，无论如何都想不到世上还有这等事这等人。这小魔女，凭着自己上位者的身份，竟只为图一己之快，便儿戏般搅动得几方不得安宁。这样的事情，小言最是深恶痛绝。当即，他怒气勃发，抬手招来瑶光神剑，提着便冲墙角的小魔女逼去。

"你想做什么?"见毫不起眼的少年突然间就像变了个人,赤红着双目提剑朝自己逼来,一向横行无忌的魔疆小宫主,只觉得从自己脚底心腾的一下涌起一股彻骨的寒意。作为魔族君王的子裔,往日无论面对多么凶狠的妖兽神魔,她都绝不会像现在这样,浑身上下,从里到外,无一处不欲战战发抖!

恐怖的死亡阴影,如山一样逼来,此刻小魔女心中,竟是一片空白。

"哥哥……"就在这样紧要的关头,屋中忽然响起一个声音。

"呃?"

这个怯生生的嗓音,如同一股清泉,迅即冲散了弥漫一屋的暴戾之气。

小言听到这声呼唤回了回头,发现正是琼容在喊自己。此刻小姑娘,正用力攥住他的衣襟,仰着脸使劲摇头。

对上琼容这双不含一丝杂质的清澄眼眸,小言顿时重复清明。长叹一声,将手一扬,手中瑶光神剑便一声龙吟,重又飞回到背后剑匣中去了。

直到这时,如一座大山般压得莹惑喘不过气来的凶猛气机,才烟消云散,销匿无形。任谁也想不到,现在在小屋中央负手而立的清和少年,刚才竟爆发出那样强大的气机。

只是,虽然威逼压迫已经逝去,但刚才那恐怖的一幕已经深深印在了小魔女心底。

这恐惧如此强烈,以至于当小言走到她面前时,从不害怕屈服的小魔女眼中,竟不自觉地泛起盈盈的泪水。

"哼!"见她这可怜模样,小言却只当她装样。

走到她近前,撤去她足上一符,小言便喝令她赶快帮忙洒扫炊洗。

可怜养尊处优的女孩,这辈子何尝受过这苦,只不过现在胆战心惊,犹有余悸,又如何敢摆出往日的威仪?听小言吩咐,她只好勉强做些粗活。

等动起手来，莹惑才发现，平日这些看似简单的活计，现在自己亲手来做时，却只觉得无比艰难。高贵出尘的紫发小魔女，现在却要在琼容小妹妹的指点下，才能手忙脚乱地完成凶狠少年指派的家务。

就这样做了一阵苦役，还没完成多少活计，莹惑便觉得浑身酸软无力，累得半死。

"是不是因为足上还有一符？"

基本已能行动自如的小魔女，把眼前自己这尴尬情景的缘由，归结到小言的恶符上去。只不过正安慰自己之时，稍不留神，她又泼洒了一瓢预备来煮粥的清水。于是小屋中顿时便响起小丫头的惊呼："紫眼姐姐！想不到你比琼容还笨哟！"

童言无忌，莹惑听来不觉一阵憋气，回眸望去，恰看到小言似笑非笑地看着自己。

一瞧见他这副半含嘲讽半含促狭的神情，憋闷半天的莹惑不禁气往上撞，带着哭腔责问道："你，你为什么要这样害我？"

听她相问，小言咧嘴一笑，模仿着莹惑先前的语调，飞快答道："因为我喜欢！"

这一晚，虽然有了莹惑的参与，这三人又忙得热火朝天，但到最后，其实也只不过煮出些清淡米粥，又烙了几张薄饼。饶是这样，原本不食人间烟火的小魔女莹惑，见到自己帮忙做成的小粥面饼，非常想吃。偷偷咽过了几次口水，她才在善解人意的小妹妹琼容说情下，拿过一张薄饼，就着一小碗清汤米粥吃了。

南荒雨林中悲喜交加的一天，就这样匆匆过去了。等莹惑无比满足地咀嚼完最后一口面饼，小言便去屋后清溪边取来一瓢凉水，让她和琼容漱口。也不知怎的，往日便是别人做得再多，也从不知感激的小魔女，此刻面对小言这样微小的善意,却忽然觉得有些感动。

于是,当夜色降临,小言走到她跟前又要施法时,莹惑便真心地说道:
"我,我自己睡吧。放心,我不会逃。"

谁料,她这样诚挚的话说出后,小言沉吟了一下,然后朝她一笑,斩钉截
铁地答道:"不行。"

"为什么?"莹惑觉得很是生气。

没听到回答,便是一阵浓重黑雾扫来,让意犹未尽的小魔女就此沉沉睡
去……

第二天早上,等莹惑再次醒来时,却发现眼前又只有那个小丫头在蹦蹦
跳跳,一个人玩耍,那个可恨的人,还是和昨天一样踪迹全无。

"这可恶的家伙!怎么总是神出鬼没的?"

望着远处空荡荡的草泽,听着身畔寂寞的鸟语,莹惑一时竟有些茫然。

莫名失落的小魔女并不知道,此刻被她想起的小言正风驰电掣在万里
海疆的碧水白浪之间。

今天,已是他和魔族立下五日换人之约的第三天。与毫无心机的琼容
不同,表面一直淡定从容的小言,内心里其实心急如焚。眼见着相约之期就
要到来,他必须找到一处合适的换人场所。毕竟,他面对的是整体武力强
大、智计过人的魔族。

第二十一章
明溪垂钓，暂偷闲于清流

再过两天就要与魔族交换人质了。

名门正派的一堂之主张小言，毫不后悔自己这次施行绑架。在那种情势下，想光靠从上清宫中学来的法术经文救人，完全不可能。想不到最后起作用的，竟是当年自己和小盈一起在鄱阳湖上打闷棍掳人的豪侠经验。

当然，他也承认，自己如此，完全是被逼的。魔族之前完全是仗势欺人，自己一个道门少年，和整个魔洲的实力相比，说是鸡蛋与石头的对比，都已经是天大地夸大了他的实力。所以，他此举，也是无奈之举。并且从某种意义上来说，他已经机智勇猛果敢无比了。

他现在，正在东南海疆中寻找合适的交换人质的地点。

"这处岛屿还是不行。虽然那个瀑布下面的深潭中有暗流通向岛外，但这个通道又怎会瞒过那些魔人的眼睛？"

打定主意要瞬水而逃的四海堂堂主，又否定了一个看起来很合适的海岛，继续往目力所及的下一个海岛飘飞而去。

这时候，原本隐在云层中的红日，已从东天的云霞中跳了出来，向小言头顶的方向渐渐移去。逐渐中移的海日，此刻已变成金色的模样，在小言被晒得黑红的臂膀上泛起一片片亮光。

要易守难攻,还要有不易察觉的水道可供逃跑,这样的海岛实在太难寻了。花了两个上午,看过成百个岛屿,却无一合适,小言也不禁有些焦急起来。立在风波之上,见太阳渐往中天移去,心里又放心不下琼容看守那个人质,小言一个失神,竟咕咚一声浸入水中,喝了一大口海水。

"晦气!"

这入口的海水,涩倒不涩,但实在太咸,着实不爽口。正暗叫倒霉之时,小言却忽然觉察出一些异状来。

"咦?这是怎么回事?"

吞了一口海水之后,小言却发现自己浸入海水的身躯,竟自行往西北方向快速漂移而去。

"莫不是浪头打的?"

回头看看,却发现恰恰相反,自己身处的这片海水,虽然流动迅速,但只有细小波纹。反倒是这处海流之外,波涛汹涌,呈现出大洋中海波的常态。

"还是有妖异?"

茫茫大洋中风波诡谲,头一回处在这样的异象之中,小言又怎敢怠慢,赶紧施出法术定住身形,不再随波逐流。

随着一番详察,小言发现这处席卷而过的海流,水径宽大,海水温暖,浩浩荡荡朝西北不住奔流。而它的尽头,并不是什么吸食鱼虾的海鲸巨口,而是遥远非常,一时竟探察不出。

见此情景,小言也好生好奇,便施展瞬水诀顺流而下,要一探究竟。只是,前后大概花了半个时辰,行过成千上万里,他却始终探不到这温暖海流的尽头。而在暖流中施展灵漪儿所授的遁水之术,又要比平常快捷上三四倍。

于是等他返回之时,小言心里充满惊奇:"怪啊!想不到这茫茫大海中,还有这样的水流,就像陆地中有那些浩荡江河渎泽一样。"

只不过,虽然增长了见识,但此行任务还是没能完成。

"唉,合适的海岛究竟在哪儿呢……"

在温暖的海流中溯流而上,心中忧虑的道门堂主只觉得自己若有所悟,认真去想时,却又始终抓不住。

就这样逆水而行,直到快回到初始的地方,若有所思的张堂主才豁然开朗:"呀,笨啊!换人之所,我又何必一定要寻海岛?刚才这来去自如的暗流,难道不是换人逃逸的最佳场所?"

虽然自嘲,但此刻小言心中畅快无比,又前前后后仔细巡查了一番,他才满意而回。此刻,太阳只不过刚到头顶,正是日中时候。

"琼容,琼容!"

一路疾行,等靠近灌泽中那间水中林屋时,小言忍不住大声呼叫,想把这个好消息早些告诉琼容。

听他呼唤,那小丫头从树荫中蹦蹦跳跳地应声而出,满心欢喜地叫道:"是哥哥回来了!"

只是,一见到她的模样,小言却忍不住放声大笑:"哈哈!琼容你怎么打扮成这个模样了?"

原来此刻雀跃而来的琼容,头上缠绕着一片翠绿蕉叶,前后盘缠,裹住一头乌发,做成了一只遮阳的巾帽。这本来倒没什么,但琼容这一番蹦跳而来,本就松动的蕉叶巾帽便罩了下来,遮住了她白玉般的额头。等她奔到近前时,蕉叶巾帽便完全罩了下来,将她双目完全遮住。

只不过,这小妹妹也好生了得,一时顾不得端正遮目帽冠,便细心听风辨位,仍是十分准确地扑到小言哥哥怀中。

等小言替她戴好这自制的叶冠，琼容便仰起脸报告："哥哥，紫眼姐姐病了！"

"噢？"小言闻言赶到屋前那棵大榕树下亲眼一瞧，才知自己掠来的魔族蛮女，竟真生病了。

绿树荫中，原本不可一世的魔疆小宫主，此刻却无力地躺靠在榕树根底，双目无神，神色恹恹，竟是一副奄奄一息的模样。

看到这一情形，小言也知不是作假，便奇道："怪哉！她也会生病？不是说'好人不长命，祸害遗千年'的吗……"

虽然口中低声嘀咕，但小言还是不敢怠慢，赶紧奔到近前仔细查看。靠近后才知道，此刻莹惑额头已烧得滚烫。原本白璧般的两腮上，已漫起两片赭色的红云。若仔细看，两片红云中还有些细小的疹粒，宛如出痘一样。

见他靠到近前，又拿手在自己脸上乱探，病恹恹的紫发少女挣扎了一下，张了张嘴，似乎想说话，但最终还是没能发出声来。

"咦？这儿怎么有些水渍？"

小言看到莹惑烧得滚烫的脸上，还有些水渍，便觉得有些奇怪。听他问起，琼容便告诉他，在他回来之前，见姐姐脸上烫得厉害，自己便拿葫芦瓢往她脸上不停地浇水。

"哦，这样啊。"

一番望闻问切之后，通些五行医术的四海堂堂主，便看出了莹惑的病因："看样子，这个出身火炎之地的小魔女，应该是受不住灌泽丛林中浓重的水汽，中了水瘴之毒。"

百疾不侵的魔族小宫主，这番生病，也不知是受了少年惊吓，还是她本来应有的劫数。

看着眼前病重的人质，小言自是要思索应对之策——如果让她死掉，那

后果可真不堪设想。

又过了一阵,见他不出声,琼容便请示道:"哥哥,我还要继续浇水吗?"

"不用了。"小言恰在这时想出了主意,笑了笑说道,"我们带她去一个好地方吧。"

说着话,他便将软绵绵的小魔女小心抱起,脚底生云,与琼容一起飞到雨林树梢之上,朝西面飞掠而去。

飘飞片刻,越过了波涛滚滚的红河,他们便来到一处色彩鲜明的草泽。

"这儿有能治病的鲋鱼。"

落地之后,小言见琼容一脸懵懂,便告诉她为什么要到这里来。先前在魔洲岛上,闲聊中那犀牛怪提及灌泽之时,也顺便说起这灌泽草沼中,还盛产一种银白色的鲋鱼,不仅肉质鲜嫩可口,还可以退解草泽水瘴引起的虚火。好心的犀牛怪当时还特意提醒他,如果不小心染上南荒瘴气,便可寻鲋鱼解毒。

在这两天中,小言出海之余,也在灌泽四处巡游,打探了一下这处炎热之地雨林草泽的地形,以免魔族寻来时措手不及。通过这两天的巡察,小言早已探明让犀牛怪一边说一边流口水的银白鲋鱼,正生长在脚下这片草溪沼泽之中。

到得草泽中,寻了一处生长树木的草洲,小言便将病恹恹的莹惑放在树荫中,自己去附近找材料制作起取鱼的渔具来。

出身乡野的少年,对于上树摘果、下河捞鱼的勾当,正是熟练无比。两年多的清修游历,并没有让他放下这身看家本领。这阔大的草海溪泽中,各样材料极为丰富,小言重操旧业,正是熟练无比。

信手拈来一条细长坚韧的巨树气须,便当成放之四海皆准的鱼线,再系在一支箭竹竹竿的竿头,就成了一支钓竿。

然后又请出瑶光神剑，拿它当刻刀，运刀成风，须臾间又将一块干木雕成一只像模像样的钓钩。

　　制作钓钩之时，身旁咣一声砸下一只巨大的椰壳，碎成两半，流了一地椰水。心有余悸之余，小言又老实不客气地拿过半只椰壳，于是这鱼篓也就有了。

　　至于诱鱼的鱼饵……

　　"琼容妹妹，这只野果你喜欢吃吗？"

　　"喜欢！"

　　"好，就是它了！"

　　万事俱备，小言耐下性子，开始一动不动地端坐在草洲上，在面前泽溪中垂下钓钩，只等那些治病救人的灵鱼上钩。

　　小言垂钓之时，活泼好动的琼容也懂事地安静下来，看护在莹惑身旁，不时将几滴清凉的椰汁淋入她的口中。

　　得了椰水浸润，再被草泽中的清风一吹，病入沉疴的小魔女莹惑，竟能勉强睁开沉重的眼帘，转着头朝四周陌生的环境看去。

　　这时节，正是草泽一天中最明亮的时候。占地广阔的青草水泽，将茂密的雨林树木推挤到四旁，在拥挤的灌泽中辟出一片开阔的草湖。

　　与其说这是一处沼泽，不如说这是一片漂浮着青草芳洲的溪湖。被草洲分割的清澈溪水，倒映着蓝天的颜色，就宛如一片片微凸的蓝宝石。水中那一块块翠碧的草洲，并不固定在水底，而是漂浮在碧蓝水泽之上，形状各异，翠绿如画，在水面上缓缓滑动，就好像一只只徐徐漂浮的草排。

　　这样青碧的草排中，又点缀着各色的花朵。花瓣映着水色阳光，几若透明，仿佛闪耀着七彩的光环。这些草洲的草花丛中，又常常会落下羽色洁白的水鸟，姿态悠闲地在莹惑眼前走过。

与那些淡若水墨的云影远丘不同,展现在莹惑眼前的这片草泽,一切都那么鲜明,蓝的是水,绿的是草,白的是云,绚丽的是花,一切都那么热烈奔放、色彩分明。

身处蓝天白云之下,头枕大地溪流,这样前所未见的美景,竟让奄奄一息的小魔女又恢复了好几分生气,竟能挣扎起身子,斜倚在身后那棵椰树上。

见她坐起,琼容便停了手,关心地问道:"好些了吗?"

"好些了。"心性无忌的魔族小宫主,经过这两天的磨难,竟破天荒地对这个笨笨的小丫头有了些好感。

停了一阵,望了望远处阳光中那个停滞不动的身影,莹惑便问琼容:"你哥哥在做什么呢?"

"哥哥在钓鱼,给你治病的!"

"是吗?"

半信半疑地观察了一阵,确认小言的姿态确实像在钓鱼,莹惑便有些奇怪地问道:"琼容小妹,我看你哥哥也懂些小法术,会些旁门左道。要他捉鱼,甭说几条,就是将这片草泽中所有的鱼都逼出来,恐怕也不是难事。为什么他还要慢腾腾地钓鱼?"

"对啊!"听她一提醒,琼容顿时也有些奇怪起来。

不过,给自己哥哥所有奇怪行为找到合理的解释,已成了她最擅长的本事。

于是莹惑只听小丫头一本正经地答道:"不是的,紫眼姐姐。我哥哥说过,我们不能,不能竭……"

说到这儿琼容却突然卡了壳,始终想不起哥哥教过的那句成语来。

正在她额角冒汗之时,莹惑却已经猜出来了:"是竭泽而渔吧?"

"对对！就是竭泽而渔！紫眼姐姐还是蛮厉害的嘛。"

"呵！你叫我莹惑就好了。"

听着琼容的叫法，莹惑总觉得有些别扭。

待小妹妹应允之后，莹惑又想到另外一个问题。静了一会儿，重新养足精神，这位小魔女有些委屈地问道："琼容，你说，你哥哥对鱼儿都这么好心，懂得适可而止，可是为什么对我就这么坏？这可恶的坏人，居然，居然把我绑来！"

一想起这个，莹惑就气不打一处来，满脸愤然，倒好似完全没生病一样。

听她抱怨，琼容这回倒没马上附和。

低头咬着指头想了想，琼容抬起头，一脸认真地告诉生气的小姐姐："莹惑姐姐，如果你是哥哥的朋友，也被坏人抓走，他也会为你做这些事的。我哥哥不是坏人！"

"哦……"

听天真烂漫的小丫头这么一说，魔族小宫主出奇地没反驳，而是哦了一声，然后便默然无语，在树荫中静静出神。

又过了一阵，莹惑才又开口，向眼前天真无邪的小姑娘问道："你说你哥哥不是坏人，那姐姐我呢？"

听她这么一问，琼容倒有些迟疑起来。忸怩了一阵，她才开口回答："可能是，除非……"

"除非什么？"

"除非不是！"

"……"

这天傍晚夕阳西下时，暂当了半天渔夫的四海堂堂主满载而归。

回到落脚小屋，将鲜嫩无刺的银白鲥鱼洗净，加上琼容摘来的兰蕊榆芽,小言便将它们和着面一起烙成了一张张薄饼。

肉质甘纯的溪地鲋鱼被火一烘,便化成鲜美的汁液,浸入薄薄的面饼之中,将白面饼浸润成油黄模样,和着火一烤,便变成焦脆的颜色。那些碧嫩的蕊芽,则被撒在脆饼之中,为鲜脆的鱼面薄饼增添些柔软的味道。

谁说良药苦口?这样制成的药饼着实好吃,不仅生病的小魔女多吃了几张,便连和生病毫不相干的琼容,吃起来也停不住口。

大家吃了一阵,基本都停了下来。又等了一会儿,小言见琼容还是不停地往嘴里塞鲋鱼饼,便好心提醒她:"琼容,不要吃太多,小心撑着了。你可以留到明天再吃。"

"嗯嗯!"贪嘴的小姑娘口里虽应承着,却奇怪地发现自己的手口竟不听使唤,仍是不听哥哥的话,只顾埋头猛吃。

见如此,知道灌泽鲋鱼乃是大鲜之物的小言,怕琼容这样吃下去会出问题,便也只好出言吓唬她,说按她这样的吃法,一定会长胖,然后便会被魔人抓过去吃肉。

"你知道,他们魔族最喜欢吃小孩肉!"说话时,小言朝一旁的小魔女努努嘴,示意这儿就有一个吃小孩肉的魔人。

听他这么一说,琼容不禁停了下来,朝莹惑仔细打量一番。只是,看过莹惑娇美的容貌之后,小丫头又开始往嘴里塞起食物来。

见如此,小言只好再吓唬她:"琼容,你再这样吃,会变成虎背熊腰的!"

这一回,恐吓起了效果。听哥哥这么说,琼容歪着脑袋想了想,回忆了一下罗浮山中那些走兽的模样,立即一个哆嗦,赶紧放下手中的面饼,乖乖地到一旁洗手去了。

吃过鲋鱼肉后,莹惑的高烧终于退了下去。只是,就在她快要安然入睡时,却闻到一股刺鼻的腥臭味正扑面而来。努力睁开蒙眬的双眼,只见小言拿了一团绿乎乎的东西,伸过来要朝自己脸上涂抹。

"我不要!"

闻着腥臭无比的药味,莹惑直欲呕吐,一想到这般腥臭之物竟要涂到自己美貌的嫩脸之上,莹惑不禁万般恐惧,拼尽全身气力使劲挣扎起来。

"琼容,帮我把她按牢!"

毫不怜香惜玉的小言,不客气地拿膝盖一把压住小魔女,又让琼容一起帮他按住,然后便心安理得地涂抹起来。从容涂抹之际,又气又急的小魔女还听他正自说自话:"啧啧! 我说姑娘,你别不识好人心,胡扭乱动。你瞧你这眼珠头发,都已生成了这样古怪的模样,要是腮帮子上再有两块红斑,那这辈子都别想嫁出去了!"

听到这里,眸如紫水晶发如紫华缎的小魔女便再也支撑不住,嘤嘤一声彻底昏了过去。

已入昏沉之乡的魔族小宫主,没能听到小言后面半句话:"咳咳,万一因为你脸上出了这毛病,那凶犁长老有了借口,只肯换回一个怎么办……"

雨林中的一天,就这样紧张而充实地过去了。只要再耐心等上一天,便可将这个麻烦的人质交换出去,将灵漪儿与雪宜换回来。

"嗯,渡过这场风波,我还是老老实实地早日去把水精找到,争取能早些回到千鸟崖,好好过自己的安稳日子吧……"

带着这样的想法,一身疲惫的四海堂堂主,在雨林夜晚的虫唱蛙鸣声中,几天来第一次真正合眼安睡。

只是,恬静入睡的小言并不知道在万里之外的江河湖海中,有一场规模庞大的调兵遣将,正在紧张无比地进行着!

第二十二章
荒林夜重，顺自然而流转

吃过小言自制的鲕鱼薄饼，莹惑的水瘅之毒竟真的完全消解了。

就着清溪水，吃完雨林中特别的晚餐，加上又沉沉地睡了一觉，第二天早上起来时，莹惑发觉自己先前的病痛已爽然若失。琼容端过一盆水来，帮她洗去脸上的青绿药泥，莹惑对着水盆照了照，发现昨晚自己脸上的红斑，现在也差不多都消失不见了。

"原来那人还真懂些歪门邪道。"

亲身得了好处，莹惑不得不对那个绑架恶徒提高了些评价。

平生第一次得病，刁蛮的小魔女这才知道，原来昏昏沉沉恹恹欲睡的滋味真不好受。气爽神清之时，又想起昨天小言专心致志端坐钓鱼的情景，不知怎么，一贯趾高气扬的小魔女，心底里竟有些感激起来。

只是，当莹惑好不容易放低身段，准备向小言真诚道谢时，却被他要求着站起，从榕树下一直走到土墙木屋前，还来回走了好几回。

虽然觉得有些莫名其妙，但现在她心中正是充满感激，便依言在屋前空地上袅袅娜娜地走了几趟。等小言叫她立定，小魔女便轻盈地一旋，将华美的长发迎风一撒，然后脸微微向下，摆出一副恬静的模样，立在小言面前。

"哼,这回该赞我模样好看了吧?"

尊贵的小魔女,昨晚入睡前得了小言的恶评,到现在还耿耿于怀。眼角余光感觉到小言正在上上下下打量自己,心中不免便有了些期待。

耐心等了一会儿,才听小言终于开口:"嗯,不错!"

"是吗?"莹惑闻言,又羞又喜。

"是啊! 这样活蹦乱跳,明天换人时,原样奉还,那老头就不得刁难了!"

"你……"

灌泽雨林中的第四个整天,就这样悄然逝去。在这期间,小言又往莹惑脸上涂了几次草药,务必要让她的脸蛋回复当初莹洁无瑕的模样。抹药之时,也不知小魔女打的什么主意,竟不再赌气躲闪,而是闭着眼睛,颤动着睫毛,静静地等他来涂。

见她忽然变得这样乖巧,小言心中倒反而有些惊疑不定,举手投足间便倍加小心,手中暗拈法诀,提防她突然发难。幸好,整个白天过去,直到夜晚来临,都一直相安无事。

南荒雨林的夜晚,似乎总是很快降临。莹惑洗去一天中第四次护颜草药时,西坠的太阳就变成了橙红的一团,将细长的光影投射在她面前。这时候天边的白云,也被火红的夕阳染成了满天的火烧云,在雨林树梢上空熊熊燃灼。

当火团一样的云霞充满头顶的天空时,天真烂漫的琼容来叫莹惑一起观看火烧云。看着琼容对那些形状各异的火烧云指指点点,将它们解释成各种各样的山川动物,莹惑不知不觉也沉浸进去,和她一起讨论起某朵火烧云最像什么来。

这样简单而快乐的讨论,并没能持续多久,两个投契的女孩才就第五朵云霞达成一致意见,这些绚丽多姿的彩霞便逐渐暗淡,最终消散。似乎只在须臾之间，头顶的天空便完全陷入黑暗，然后星与月的光辉便占据了整个苍穹。

当云霞消散，月牙从东边升起，无数星星开始在天穹中一亮一熄之时，久处魔疆上界统领万魔的魔族小宫主，心中竟有些怅然若失。惯在天际云霞间倏忽往来的女孩，似乎头一回发现，原来自己经常穿梭的云彩，立足地上仰望时，竟是这么美。

见莹惑只管仰脸呆呆地看着天边，正准备晚炊的少年堂主赶紧奔过来，施出太华清力在她周身上下扫拂一遍，保证她浑身酥软，不能逃走。

如此这般忙活完毕，小言抬起头便要警告一番，正在这时，却见这刁蛮的小魔女，不仅没出言嘲讽，反而在昏暗夜色中对他展颜一笑。

"怎么如此古怪？"

见她笑得还挺甜，小言反倒心惊肉跳，当下也不敢叫她搭手帮忙拾掇晚饭，只将她一把拂倒，让她整个人软软地斜靠在榕树须根上。

等用过晚饭，月亮也就渐渐移到了中天。

此时虽然已是夜晚，但灌泽林木中仍是少了风息，木屋中更是闷热，于是小言便和琼容一起飞上莹惑倚靠的高大榕树，坐在一根粗大的树枝上乘凉。

与魔族交换人质的前一夜，这处栖身的雨林似乎比前几天安静了不少，无论是夜鸟还是虫蛙的鸣叫，入耳都变得格外轻柔。举目朝夜空眺望，便见行云如水，莹洁的月牙就像一只静止的小船，在流云中一晃一摇。

经历过灌泽雨林白天的喧嚣，再看看眼前的宁静月夜，就会觉得白天与黑夜，竟是迥若仙凡。

这时，坐在小言身边的琼容，洁白的裙裾随着脚一荡一荡的，就好像静栖枝头的林鸟正飘动着尾羽。小言偶尔朝她看看，便见在朦胧夜色中得了月光映照，琼容那双乌溜溜的眼眸，又开始闪现出几分奇异的淡金神采。

见这样，小言又有些神思悠然："也许她的来历，并不只是一只圣洁小兽那样简单吧……"

不知怎的，最近这个问题总是萦绕在他心头，隐隐淡淡，却总不得排解。认真算起来，与琼容在一起，前后也只不过才一年多的时间。但就是这短短的一年多时间，却让小言觉得好像自己从小就有这样一个妹妹，整天在自己身旁跟前跟后，蹦蹦跳跳。她在自己身边存在，就好像呼吸般自然。

可是，就是在这样自然的相处中，这个天真可爱的小姑娘身上却又有许多解释不通的怪象。想到这里，小言又转头看了身边的小妹妹一眼，忍不住想："琼容她真的就应该一直待在我的身边吗？"

原本只是来乘凉的四海堂堂主，想到这问题，禁不住有些患得患失起来。

只不过，他身边这个自认"张琼容"的小丫头，丝毫没察觉到他心中的这份怅然。琼容刚刚得过小言的再三保证，说她明天就可以看到灵漪儿姐姐和雪宜姐姐。一想到这个，小姑娘就满心欢喜，忍不住咿呀唱起听不清歌词的开心歌谣来。

月夜中，两人就这样相依静坐，不知不觉便有露水打湿了两人的襟袖。此时倚在树底下的紫发女孩，靠着树根一动不动，仿佛已经睡着。

到夜露浓重之时，正在哼唱的小姑娘忽停下自己甜糯的歌喉，朝身边自己依赖之人好奇问道："哥哥，这些天，你为什么对那个紫眼姐姐一直那么凶呢？她好像已经知错了。"

听她这么问起，小言心道琼容还真是善良。既然她相问，小言也就认认真真地回答："琼容你不知道，有些错，不是一时服软就行的。咱们脚底下这个小恶女，蛮横无礼，虽然是魔族的一个魔头，却不知事理，远远不如琼容懂

事。"

听到这里，认真聆听的小姑娘便在月光中甜甜一笑，充满自豪，然后更加用心地听哥哥说道："这几天我对她恶言恶语，只不过是为了消磨她的傲气。须知为人不可仗着强力，便任意欺凌他人。尤其像她这样有地位的，手下统领着许多法力高强者，她的一举一动，都关乎许多人的生死性命。既是这样，又如何能像她这样轻举妄动，肆意妄为？"

说到这儿，小言发现树底下那个静静侧蜷的女孩，忽然微微一动，有几下鼻息变得稍有些沉重。这样小小的动静，自然逃不过小言的眼睛。

"哈，原来她没睡着。"

见莹惑装睡，小言心中忽地一动，也不点破，口中却放缓了语气继续跟琼容说道："其实这两天哥哥对她怒颜怒色，倒不是对她本身有太多恶感。通过这两天相处，我觉得这女孩本质还不坏，只是以前少了拘束，行事才有些乖张。说起来你这紫眼姐姐，就像块浑金璞玉，若是细心琢磨，未必就不是美玉良材。"

"噢！这样啊。反正就是只要听哥哥的话，就对了。是不是呀？"

"是啊。"

对琼容这样简单的总结归纳，小言并不想费力多做解释。刚才这一番友好的话，其实一大半倒是说给脚底下那个装睡的人听的。毕竟，这个小魔女虽然可恶，但势力广大，若是一味结仇，则无论是对自己还是对自己的师门友朋，都不是桩美事。

又静静坐了一会儿，便听小姑娘忍不住打了第一个哈欠。转眼一看，琼容已两眼蒙眬，睡意盎然。于是小言把她轻轻抱起，飘然下树，放置到木屋中安顿她睡下，然后再一转身，迅捷出门，来到屋前榕树下，对着装睡的女孩开始作法。

或正如魔洲长老凶犁所言，小言那晚真得了天星之力。所谓一窍通百窍通，本就博览经书、谙熟义理的四海堂堂主，面对着暗淡月华中蜷侧的女孩，双手举在空中缓缓划动，立时便有细碎如银的光点随手而出，在优雅划动的手指后面拖曳成一条灿烂的光带，凝滞空中，久不消散。

就这样袍袖拂舞，不多久蜷伏的小魔女四周便布满了纵横交错的光带，星星点点，璀璀璨璨，就好像一条条明烂星河从天而降，纵横飞贯在她四周。

"这少年的法术，果真有些古怪！"

一直装睡的女孩，感觉到自己身边有一股股沛然之力，正从四面八方涌来，强大无俦，生机勃勃。用天生的灵觉一探，这些汩汩奔涌的束缚之力，似乎竟与四周的天地树木浑然一体，在其间圆转流动，奔腾不绝，仿佛永远不会有枯竭的时候。

感觉到身边这股周而复始、生生不息的沛然之力，莹惑心中不禁骇然。

"这小恶贼到底是何来历？似是随手划出的法术，竟晓得借用天地之力！"

心中正在惊疑，小言已施法完毕，长舒了一口气，然后便听他得意扬扬地说道："哈！这样你总该逃不掉了吧?"

说罢，小言踏前几步，丝毫不管那些凶机暗藏的星华之力，施施然走到莹惑近前，微微颔首说道："抱歉，明日就要拿你换人，今晚无论如何都不能让你走掉。所以今晚我也只好吃些亏，就与你在这树下过夜了。"

说罢，道了声"失礼"，便紧挨着莹惑盘腿而坐，开始瞑目炼气存神起来。

见他这样，饶是小魔女往日狡计百出，此刻也有些哭笑不得。于是二人一坐一卧，在身畔迷离的流光中相继睡去。

也不知过了多少时候，半梦半醒的小言蒙蒙眬眬地醒来，只觉得黝黯的黑夜即将过去，东边天上似乎已渐渐泛起鱼肚白。

"惭愧,我竟然睡熟过去了。"

头脑略有些清醒,小言便隐约感觉到了四周的晨光。

"虽然现在还早,但过不了多少时候,天就要大亮了吧?"

心中迷迷糊糊地想着,却忽然发觉有些不对头。努力凝神感觉了一下,才知是自己的手掌,似乎正被一个温软的东西按住。稍稍感觉一下,还有缕缕热力透手传来。

"呀!"

又这样停留一阵,两眼惺忪的小言才隐约知道发生了何事。不自觉地轻呼一声,他便要赶紧撤回手掌,但直到这时他才发现,原来自己的手背上,还按着另一只宛如白玉的纤纤素手。

"……"

等小言展眼瞧去,正看到小魔女两眼睁开,静静看着他,两只流波的水眸,灿若天上的星辰。

第二十三章
花迎旧路，抚今昔以神伤

"在做梦?"

清晨初醒时睡眼蒙胧,看周围一切都恍恍惚惚,好像蒙上了一层淡淡的纱幔。这时又有几缕乳白的早雾飘来,飘飘荡荡横亘在自己眼前。

"应该是在做梦。"小言又闭上自己的眼睛。

只是,虽然双眼闭上,再也看不到匪夷所思的场面,但手背传来的温热柔软,却始终在提醒着他:恐怕,这不是个梦。

这样恍惚的神思,并没持续多久。正当自己心下开始突突突猛跳个不停时,感觉到自己那只手背,忽被人按了按。到得这时,小言再也耐不住,双眼猛地一张:这一下,他十分确定自己并非在做梦。

那个被掳来的刁蛮小恶魔,现在正两眼一瞬不瞬地盯着他。

这样对视片刻,过得一阵,小言才突然醒悟过来,呀的一声将手一按一缩,猛地就跳到一旁。借力跃起之时,仓促间倒使毫无防备的女孩啊一声轻呼。

跳到一旁,努力平心静气一阵,小言才转头直视蜷卧在树底下的女孩,有些结结巴巴地质问道:"你……你要做什么?"

　　见他这样，小魔女脸上闪耀起动人的神光，笑吟吟地说道："不做什么。嗯，就是夜晚风凉，有点冷，本宫主征用你的手掌来挡挡风寒。"

　　"呃……"小言闻言，下意识地望望四周，却见南荒沼泽雨林中的清晨，虽非闷热难当，却也绝说不上冷风寒凉。

　　正不知如何作答，却见鬼灵精怪的小魔女上上下下仔细打量了自己一番，然后一缕微笑从嘴角浮现，很快就在俏靥上绽放成一朵盛开的花。

　　正在小言被瞧得有些不自在时，听到小魔女得意扬扬地说道："哟！这几天，还以为我们的'堂主哥哥'真是个大君子、大好人。谁知道，原来那无赖小贼的称呼，我原先也没叫错！"

　　一贯自认正确的魔疆小宫主，前所未有地被欺压数天之后，终于扳回一局，脸上笑得极为欢畅。

　　见她这样，原本尴尬万分的张堂主，却有些哭笑不得。定神想一想，记起今天就是拿小魔女交换灵漪儿与雪宜的日子，可不能再出什么差错。想到此处，小言便再也顾不上跟她计较斗口，静一静神，朝蜷坐在树底下的莹惑低头垂首，恭恭敬敬地抱拳一揖到底。

　　见他忽然转性，态度如此恭谨，倒把莹惑给弄糊涂了。

　　"莫不是又要来捉弄我？"

　　正满心警惕时，便见小言直起身来，一脸温柔地用前所未有的和缓语气跟自己说道："宫主在上，这几天在下多有得罪，实在是逼不得已。有什么鲁莽唐突，还请宫主好生担待。今日已满五日之约，我这就将宫主恭送回府。还望宫主殿下大人不计小人过，好生移驾回宫！"

　　原来，经着刚才这一出，想到今日甚为关键，小言觉得还是要想办法将这个行为古怪出奇的小魔女稳住，省得她再闹出什么花样来。

　　只不过，听小言这么一说，原本脸上还有些笑意的莹惑却顿时怔住。

愣了半天，正当她动了动嘴唇想要说些什么时，一直静候的小言恰见她半天无语，便道无事，于是恭恭敬敬地又是一揖，说了句"宫主殿下少安毋躁，我这就给你准备早膳去"，便一振青衫，态度从容地飘然入屋而去。

这时，晨光已亮，头顶的天空渐渐转白。莹惑有些落寞地朝天上看去，见到原本灿耀的群星正一颗接一颗地熄掉，和坠落西天的淡白月牙一起，在火红朝阳升上天空前一齐隐退。和着天上的月淡星稀，自己四周那些飞舞的银色流光，也在慢慢变亮的晨光中渐渐变淡。一时间，夜色退去的榕树下，竟显得有些冷清。

这时候，只有那些在夜风中坚持了许久的轻绿叶茸，终于被林间的雾气打湿了身躯，不情愿地从叶底飘离，悠悠忽忽地飞下枝头，在女孩面前铺起一层淡绿的地毯。

又过了良久，莹惑便见对面小木屋中飘出一股白色的炊烟。过了一阵，当烟雾中带来一丝香味时，炊烟突然转为浓烈，然后便有个小丫头被呛得咳嗽着跑出来。逃出烟雾熏天的小屋，琼容有些不好意思地朝莹惑看了一眼，便去一旁清溪边梳妆洗漱。

等梳洗完毕，小姑娘去屋中取来一只瓦盆，到溪边打来一盆清凉的溪水，然后央小言撤去莹惑周围的禁制，将水摆在莹惑面前，看着她梳妆洗漱。

"不要逃哦！"琼容提醒她。

回头又看看木屋中飘出的袅袅余烟，警惕的小女孩便有些不好意思地说："琼容太心急了，等今天雪宜姐姐回来就好了！"

莹惑在琼容监视下心不在焉地梳洗完毕，小言从屋中端来煮好的清粥和烙好的薄饼。将饮食放在树荫底下的空地上，三人盘膝而坐，在晨光里吃起早饭来。

现在，被掳小魔女面前的这对兄妹，表现得和前几天截然相反。今天自打起床,琼容便满脸警惕,唯恐一不小心莹惑逃了,便换不回自己的两个姐姐。前几日粗暴无礼、恶声恶形的小言,现在却变得客客气气:"宫主请用粥! 宫主请食饼!"

"哼!"见着他这样殷勤,莹惑却白了他一眼,不怎么理他。

就着清淡的米粥咬了几口薄饼,莹惑不知想起什么,忽然展颜一笑,跟不时警惕偷瞄她的小丫头说道:"琼容好妹妹,以后我再来找你玩好不好?"

"好哇!"琼容脱口回答,然后想了想又补充一句,"不过今天你要帮我把姐姐换回来哦!"

"好啊!"莹惑爽快回答,然后看了看旁边的小言,见他表面装着若无其事,其实却正在紧张地聆听。

见这样,魔疆炎域的小宫主不由得抿嘴一笑,半真半假地说道:"那琼容妹妹,以后我来,可要和你争薄饼吃哦! 原来你能吃一张,那时就只能吃半张了!"

"啊!"

被莹惑一说,正拿着薄饼咬得香甜的琼容,一时犯了难。她住了嘴,愣在了那儿只顾眨巴眼睛。

只不过也就是眨眼工夫,聪明的小姑娘便想到了解决办法:"魔女姐姐不怕! 以后就让哥哥给我们烙两张饼! 这样我们就都能吃一张了!"

"妹妹你真聪明啊。"

用过早膳,红彤彤的朝霞已遍布整个东边天空。这时小言在一旁盯着莹惑,琼容则去溪边把三人的碗筷洗净,又到木屋中按原样摆好。

等琼容再出来时,小言对站在树下的莹惑说道:"我们该走了。"

说着,伸出手来准备作法,就要像上次那样将莹惑迷倒。

"等等!"

"什么事?"小言一脸警惕。

莹惑却露齿盈盈一笑,说道:"你确定是五日之期? 不是十天半月?"

"是的,是五天,我记得很清楚。"小言老老实实地回答。回答完,愣了一下,他又看了看莹惑一眼,竟意外地在她眼中发现几分留恋的神色。见这样,小言只好语气干脆地说道:"宫主殿下,今日约期已至,我不愿失信于人。"

说罢他双手一挥,便是一阵黑雾涌出,眼前这个嘟着嘴不知道在生什么气的小魔女立即就被混杂太华道力的黑色雾霾迷倒了。然后小言再次将小魔女夹在自己胁下。

不知不觉,便掠出了灌泽的雨林草泽。之后他们又借道红水河,在混浊奔涌的河水中瞬水而逝,片刻工夫之后,便已置身于波涛万顷的碧蓝海水中。在汹涌波涛中斩浪而行,不到半个时辰,小言与琼容已来到前天预先勘察好的暗涌洋流处。

将秀目紧闭的小魔女交给琼容看管,小言便全力施展开瞬水诀,顺着茫茫大洋中这股特异的温暖暗流,上下潜探,往来溯流,前后飘飞约有上千里,确认四下并无魔族踪迹,这才放下心来。这之后,他便在靠近洋流的海域中,寻得一处水势地形独特的地方,记好特征,吩咐了琼容几句后又飞身入海,潜近犁灵魔洲,作法给魔人传话。

这时,犁灵洲上的一众魔族,也是紧张万分,生怕此事中途出了什么变故。依着凶犁长老之命,这些天他们并没分出人手四下寻查小宫主下落,而是依约老老实实地在犁灵洲静静等候。

"千万别出什么差错!"

到了第五天,几乎所有的魔族兵将都在心中虔诚祈祷。今日之事,实在重大,即使凶犁长老智珠在握,跟大家信誓旦旦地保证那少年绝对会守约而

来，但众人心中仍是忐忑不安，焦急万分。

虽然按道理那少年没理由不遵守约定，但万一他年幼不知事，又或是控制不住古怪法力，真的让小宫主出了什么差错，魔君震怒起来，不用说，魔洲岛上上千之众，包括凶犁长老在内，都免不得要落个灰飞烟灭的下场！

正因如此，到了第五天，犁灵诸岛几乎所有的魔兵都被撤了回来，缩回到犁灵主岛固守。这般举措，是怕哪个不开眼的族兵一个不小心，惊动了那少年不敢来传话，那可就糟糕了！

这时节，双方没照面前，真个个个小心，人人在意，丝毫不敢有什么差错。

闲言少叙。等小言一沾即走放出传话的圆灵水镜，没多久便有隐藏极深的魔岛斥候发现，然后赶紧飞报凶犁长老知晓。这回传话，只有简单一句："东南偏南一千四百里，赤红潮水钟形岛屿中。"

"这处我知道！"等魔兵说完，凶犁长老附近便有几位魔将不约而同地喊道。

"好，我等速行。"

当即凶犁长老便命手下族兵严守本岛，然后点选荒挽等几个得力手下，去岛上火山水晶囚室中提出灵漪儿和雪宜，接着便朝小言所告方向破空而去。

在途中，就像是和四海堂少年堂主约好了一样，今天凶犁也格外和蔼可亲。他告诉灵漪儿和雪宜，说是过会儿就会把她们送还那位小友，请她俩在这之前暂且忍耐一下，不要另生枝节。

忽听他这么一说，满腹疑惑的二人自然大为惊奇。

"是小言来救我们了吗？"一直以为是父亲洞庭龙君率众来救，现在听说是小言，灵漪儿自然大为诧异。

闻言感动之余,灵漪儿却又担心起来,想到小言势单力孤,应该没什么办法能惊动势力庞大的魔族。这回会不会又是一个陷阱?

想到这里,四渎龙女便忧心忡忡起来。她忍不住转眼看去,恰见冰雪一样的雪宜眼中也满是忧虑,于是灵漪儿便更加忧愁起来。现在她只想着,若是过会儿苗头不对,便还要像上次那样,奋力示警,让小言、琼容逃走。

只是,满腹愁绪的四渎公主,不但没猜出眼前情势,也没猜对身边神色忧愁的雪宜内心真实的想法。

此时,被魔人误认为龙族女将的清冷女孩雪宜正在心中想道:"嗯,灵漪儿妹妹有龙族兵马来解救,堂主自不会这么担心。他这番来,可能是被琼容妹妹吵不过,强来救我……"

忖及此处,望了望身边人数不多但灵力强大的魔人,雪宜不禁神色凄楚,在心中凄怆想道:"堂主这回却是想岔了。我这样的草木微贱之躯,又如何值得他再次涉险?嗯,过一会儿,等这些魔人要对他下手时,我便先自行了断,这样堂主和琼容便都没了牵挂,再也不会回来被魔人捉到。而我,只要能再看到他们一眼,就足够了……"

想至此处,下定决心的香雪梅灵,便重又恢复了往日清冷的容光,再也没有丝毫惧意。

正是:

> 弱水到今如有力,浮花一片海西来!

第二十四章
慧舌如莺,啼催万里风雷

"东南偏南一千四百里,赤红潮水钟形岛屿中。"

按着先前那消息,魔洲这行人没花多少力气,很快就找到了东南海域中这处钟形海岛。这石岛呈钟形模样,四下里海水赤红如染,在石岛外不住回旋。若按少年传话,交换之所定是此地无疑。

只是等到了这处海岛上,四处察访一番,凶犁这行人却始终没看到少年和小宫主的身影。按理说,钟形海岛前宽后狭,地方并不大,甭说他们这些魔族高手放出灵力探察,就是一般人前后来回走几趟,也费不得许多工夫。但就是在这样巴掌大的岛屿上,凶犁长老他们却始终没发现任何人迹。

"莫非那少年骗我?"也是关心则乱,见情形稍有不对,沉稳多谋的凶犁长老也有些怀疑起来。现在在他心里,那位胆敢劫持魔界之尊的少年,简直啥事都干得出来。

正在怀疑,忽听身边有魔将大呼道:"长老您看,那东南海波中似乎有人!"

"真的?"一听部下之言,多目天魔凶犁赶紧朝东南方放眼望去——

这一瞧,果然发现那方极远烟波中似有人影晃动!

"哈！也来跟我玩这种小花招！"

终于发现对方踪迹，虽然口中不屑一顾，但凶犁长老心情大快，赶紧招呼一声，带着部下魔将小心押着灵漪儿、雪宜二人，箭一般朝人影绰约处飞射而去。

而此刻被押解的灵漪儿、雪宜，一边感受着罗裙被浪涛溅湿的清凉，一边却是满腔疑惑："奇怪，看样子这些狡猾的魔人，并不像预先安排了什么陷阱。"

见他们这一番手忙脚乱，灵漪儿、雪宜心中俱疑，也不知小言究竟做了什么手脚，竟把这群魔头支使得团团转。到了这时，看清眼前状况，雪宜必死之心渐去，现在满心只想早些看到堂主和琼容。

就这样一路风驰电掣，没过多久凶犁长老一行便在小言三人十数丈开外小心停住。

"来晚了，来晚了！"见到小言，凶犁长老好像已忘了片刻之前的不快，立定潮头，隔着汹涌烟涛跟远处的小言抱拳打招呼："不出老朽所料，张老弟果是信人，原来早已到了。"

瞧凶犁长老满脸笑容的殷勤模样，不知情的还以为他今天刚碰到失散多年的好友。

见他这么客气，小言赶紧拱手回礼："好说好说！其实我也刚来不久，只是见那小岛狭窄逼仄，才来到这开阔处闲逛，倒让老哥久找了。"

亲热招呼打过，双方俱在心底暗赞对方一声之后，立马切入正题："对了老弟，今天我已把你那两个朋友带来，不知能否也把老哥我那位客人请回？来我岛上做客，她爹爹甚是想念。"

和这边不同，灵漪儿、雪宜二人身缚束缚法力的铁链，不怕逃走，因此她们就立在魔将埃心的海风浪涛中，小言也看得分明。

但小言这边，没啥合适的法宝，只好将莹惑迷晕，让琼容努力扶着，又怕对方看出虚实，便让琼容召唤出那两只硕大的朱雀火鸟，翼展如轮，轰轰扇动，将莹惑隐在一片明晦交替的火幕之后。

　　现在听凶犁长老提起换人，小言看了看对面情形，立即换去嘻嘻哈哈的语气，跟对面凶犁长老一众直截了当说道："诸位魔尊，还有凶犁长老在上，请恕晚辈直言：今日你方势大，还请你们先放人。等我那两位朋友快到我这边时，我自会将莹惑放回。"

　　这句话，说得十分直白，又直接提及小魔女名讳。于是此言一出，凶犁长老身后魔将立即一阵骚动，不满之情溢于言表。只是这时，众魔之首的凶犁长老一听小言之言，却想也不想便立即答道："好！"

　　话音未落，火发黑袍的第四天魔凶犁长老便长袖一拂，身后两个女孩立即飘出，在阵阵海涛中朝小言这边缓缓漂来。当她们凌波而来时，她们身缚的魔链，也跟着渐渐消失。

　　见得如此，小言再无迟疑，朝对面魔族凶犁长老躬身一揖作为谢礼，然后便回身施法，将施在小魔女身上的黑雾迷咒化解。

　　几乎与此同时，琼容也将朱雀火鸟幻回两把红波流动的神异短刃，将莹惑展示在众人面前。此时小魔女仍有些恍恍惚惚，但已能勉强迎风立在烟波中。

　　"去吧。"对着眼前的凌波少女，小言的口气已经温柔了许多。

　　听了他这话，莹惑却出奇地没有回答，只是随着海波一沉一浮，任凭自己宛若暮烟紫霞的长发飘散在风里，樱唇紧闭，不发一语。

　　只不过，她这样静默端正不要紧，却顿时急坏了她身边的少年堂主。此时灵漪儿和雪宜已渐渐接近，那边魔族神将却见自家小宫主这么一副模样，不仅不往这边走，竟还显露出一副端庄娴淑的模样。

"太反常了!"

见到这一情形,不用说那些本就怒火中烧的魔将,就连一直沉稳的凶犁长老都有些躁动起来,和部下一起拿两眼狠盯这边,脚下也不自觉地朝这边缓慢移动起来。

见得如此,小言顿时鬓角冒汗,急得如热锅上的蚂蚁。此时正是间不容发,稍有差错便是万劫不复。

在此紧要关头,小言迅速判断了一下眼前局势:此刻情形正是一触即发,自己若一掌击在小魔女身上,将她硬生生赶过去,那绝对是最蠢的做法。那样的话,只怕自己掌风刚刚挥出,那边魔人便应声攻来。

迅速判明当前局势,心念电转之后小言立即朝向小魔女,准备低声下气卑言向她诚心恳求。就在这时,还没等他开口,拿腔捏调的端庄小魔女却忽然哧一声笑出声来。

"呃?"

局势紧张之时忽听得这一声轻笑,把近在咫尺的小言给吓了一跳。

正心惊肉跳时,便见端丽小魔女已露出一副顽皮模样,双目闪烁,一脸狡黠地跟小言说道:"嘻!吓坏了吧?哼哼,谁叫你这几天老是打我骂我吓我欺负我!"

一口气说完,也不等目瞪口呆的小言有什么反应,莹惑一摆水红裙,朝对面身姿曼妙地翩然飘去。而这时,灵漪儿和雪宜恰好来到小言近前。

"呼!总算顺利!"

见一切都与预想的大致相仿,前后苦心筹谋数日的四海堂堂主终于松了一口气。

"此事终于完满了!"

见顺利归来的灵漪儿、雪宜脸上均是惊喜交加,小言心情也大为舒畅。

不过此地风波险恶,绝非互诉别情之所。当即,小言便跟对面魔众一拱手,道了声"打扰",便要与琼容几人一同遁入烟波,往海阔天空处急速离去。

异常警惕的四海堂堂主挥手扬起两道清光,迅速将瞬水诀的法术施展在琼容、雪宜身上,然后拉上灵漪儿,一齐按水而入,顺着这道温暖的暗流直往北方而去,转眼间就离开了风波诡异的是非之地。

且不提小言救人成功,遁水而去,再说犁灵诸位魔灵。对他们来说,今日还有另一番纷扰。这些魔洲首脑,按着六合方位从东南西北水下空中,用心护送着嘟着嘴的小宫主摆驾回返。

才刚走到半道,便忽有魔兵慌张而来,气喘吁吁地跟他们报告,说几乎就在他们诸位大人前脚刚走之时,许多四渎龙兵和南海龙域的军将一起杀来,大军席卷如云,不仅悉数夺回放养于绿岛的龙鳞战马,还轻易攻破了那些几乎无人把守的外岛。

当留守犁灵的魔族上下,按着凶犁长老吩咐紧守本岛避不出战时,那些南海水侯麾下的骄兵悍将,在犁灵洲四外的海面上往来奔驰,耀武扬威,大声鼓噪,警告他们这些"恶魔"别再冒犯龙族威仪,否则定要族灭而还——

禀报魔兵刚说到这儿,一直小心翼翼护送小宫主回驾的魔洲首脑,顿时一片哗然,尽皆气得哇哇大叫起来。

在这派乱纷纷的怒叫中,连一直表情端正的荒挽侍者也忍不住大为愤慨:"好个狡猾的龙族,竟在交换人质时乘虚而入,真是卑鄙无耻至极!"

激愤之时,他也忘了注意措辞,直截了当地就把喜怒无常的小宫主说成了人质。

听他此言,一直不动声色的凶犁长老神色一紧,小心地朝小宫主看了一眼,见她仍是只顾嘟着嘴朝北方张望,便安下心来。只听凶犁长老一声咳嗽,将身旁这些魔将的鼓噪喝住,然后半笑不笑地跟手下众人说道:"诸位族友且勿动怒。前日我已拜见过魔君，今日之事，早已在魔君预料之中。诸位大人请放心，不必等得多久，也不用我等劳神，今日这番羞辱之仇自然得报！"

虽然他这番话说得云遮雾罩，神乎其神，但诸位骄横的魔将一听是魔君之言，立即个个噤口不言，神情肃然，转眼间就好像没发生什么事一样。

等他们回转至魔洲，那些龙族兵马早已顺海撤去，真是来如激雨，去若雷霆，连面都没碰上。小宫主莹惑，不知是不是气恼自己竟被人用法术克制住，刚回到犁灵洲岛，便气鼓鼓地大打出手，在几处荒岛上大肆施放混沌天魔之力，直毁去十数座礁屿峰丘后才肯罢手。

暂按下魔族这边善后事宜不提，再说小言一行人。

顺着奔涌的暗流遁水而逝，过了没多久他们便抛开茫茫大洋，来到天下四渎之一的长江入海口。到了水势浩荡的长江大渎，小言与灵漪儿紧绷的心便放了下来。到了这儿，便是四渎龙神的辖域了。

刚才一路急奔，现在到了自家地头，灵漪儿与小言几人，便在海水江水交汇处的一个沙洲上停下来，略事休息。

喘了口气，灵漪儿便开始怪起小言来，责怪他这回太冒险。

芳洲之上萋萋秋草中，只听四渎龙女生气地数落道："小言你可真冒失哦！你该知道，我们龙族在海域内耳目众多，我和雪宜一块儿身陷魔洲，我家立刻就会知道，马上就会来救，又如何要你来冒这个天大的险！"

刚刚脱离险境的四渎龙女，姣美的面容上一脸恼怒，看来她这回是真生气了！

见她这样，原本机灵的小言却一时没弄清她到底为什么生气，便在那儿望天叫屈道："灵漪儿呀，其实我这回一点都不冒失，也不冒险。你们俩，都是我必救之人；而那小魔女，又是他们必救之人。我这回是攻其必救，救我必救之人,一点也不危险啊!"

听小言这么一说,又见他这么一副认真的模样,一直紧绷着俏脸做出一副生气模样的灵漪儿,便再也坚持不住,突然间整个娇娆的颜容笑成了一朵花儿!

"就知道你有本事,张大堂主!"

听着灵漪儿故意拖长的话尾,再看看宛若春花般盛开的笑容,饶是四海堂堂主机变百出,此刻也不禁一阵迷糊,不知这些女孩子内心中究竟是何心思。

心中忖测之时,回头看看静立芳洲的冰雪女子雪宜,见她一贯清恬静穆的面容上现在也荡漾着满脸欢欣的笑颜。

见惯雪宜清冷的模样,再看看她这样欢畅淋漓的融融笑靥,小言一时便忍不住多看了几眼,却不小心把雪宜瞧得羞低了脸。

就在这时,琼容跟两个姐姐略略说了这几天来的情况。虽然从她的口中得知,这几天还算风平浪静,但听完琼容的一些话,灵漪儿还是大为惊奇。

和雪宜不同,龙女灵漪儿深知魔界小魔女狡黠骄横,现在听说小言他们和她相处几天竟安然无事,不禁大为惊奇。又想起魔族鬼丫头往日种种,灵漪儿便告诉扬扬自得的小言:"其实,你还是冒险了……"

就这样歇得一时,正待小言起身要继续送灵漪儿返回四渎洞府时,灵漪儿却有了另外的计较。只听她用着温柔的语气说道:"小言,这回多谢你救了我。不过往下就不用你送了,因为这一回我是瞒着家里偷偷出来夺龙马的。要是让我爹爹撞见你,恐怕就要把这罪怪在你身上。"

"噢!有道理,这样也好。"小言一想灵漪儿说得有理,因此又说了一阵话儿,便与龙族公主依依惜别,准备各奔前程。

只是,就在这当口,正待小言转身离去时,却忽听身后传来一声大叫,有

人大呼道:"好小子,哪儿跑!闯下这么大祸,这就想逃?"

小言闻言一惊,本能便想奔逃。就在拔足之前,回头一望,却见浩渺云天之下正有一人踏水而来!

图书在版编目(CIP)数据

四海为仙7：魔疆夺龙马 / 管平潮著. —杭州：
浙江文艺出版社, 2021.8
ISBN 978-7-5339-6543-3

Ⅰ.①四… Ⅱ.①管… Ⅲ.①长篇小说—中国—当代
Ⅳ.①I247.5

中国版本图书馆CIP数据核字（2021）第121108号

选题策划	关俊红
责任编辑	张 雯
营销编辑	宋佳音
封面设计	仙境 WONDERLAND Book design
版式设计	吴 瑕
封面绘图	谭明-ming
内文绘图	何故识君心
责任印制	张丽敏

四海为仙7：魔疆夺龙马

管平潮 著

出版	浙江文艺出版社
地址	杭州市体育场路347号
邮编	310006
电话	0571-85176953（总编办）
	0571-85152727（市场部）
制版	浙江新华图文制作有限公司
印刷	杭州杭新印务有限公司
开本	710毫米×1000毫米　1/16
字数	154千字
印张	12
插页	2
版次	2021年8月第1版
印次	2021年8月第1次印刷
书号	ISBN 978-7-5339-6543-3
定价	43.00元